本书获暨南大学“211 工程”第三期“比较文艺学与海外华文文学”建设项目资助

本项研究得到“中央高校基本科研业务费专项资金”（项目编号 10JYB2003）和“暨南大学第十四批教学改革项目”资助

本书获广东省教育厅社科重点研究项目“华文文学银幕史论”（编号 2012GDXM_ 0008）资助

暨南中文新知文丛

赵维江 主编

文学语境下的戏剧剖析

唐礼兵 著

暨南大学出版社
JINAN UNIVERSITY PRESS

中国·广州

图书在版编目（CIP）数据

文学语境下的戏剧剖析/唐礼兵著. —广州：暨南大学出版社，2013.2
（暨南中文新知文丛）
ISBN 978-7-5668-0429-7

Ⅰ. ①文… Ⅱ. ①唐… Ⅲ. ①戏剧文学—文学研究—中国②戏剧研究—中国 Ⅳ. ①I207.3②J802

中国版本图书馆 CIP 数据核字（2012）第 286876 号

文学语境下的戏剧剖析
著　　者：唐礼兵

丛书策划：史小军
责任编辑：杜晓杰
责任校对：周玉宏

地　　址：中国广州暨南大学
电　　话：总编室（8620）85221601
营销部（8620）85225284　85228291　85228292（邮购）
传　　真：（8620）85221583（办公室）　85223774（营销部）
邮　　编：510630
网　　址：http://www.jnupress.com　http://press.jnu.edu.cn
排　　版：广州市天河星辰文化发展部照排中心
印　　刷：佛山市浩文彩色印刷有限公司
开　　本：787mm×960mm　1/16
印　　张：8.5
字　　数：139 千
版　　次：2013 年 2 月第 1 版
印　　次：2013 年 2 月第 1 次
定　　价：22.00 元

总 序

赵维江

对于我们所处时代的描述，有一种很流行的说法，叫“知识爆炸”，实际上这一认识并不准确。“知识”和“信息”是两个不同而又相互交集的概念，知识肯定是一种信息，但不能说所有的信息都是知识。在互联网风行的今天，我们确实处在一个“信息爆炸”的时代，但新知识的实质性增长不可能短时间内迅速地膨胀，因为知识的创新需要一个复杂的认知过程，而信息则不一定需要。造成这一误区的另一个原因是大量“伪知识”的存在，由于个人计算机与互联网上“复制”与“粘贴”功能的便捷，难以计数的依靠抄袭、拼凑或翻新而产生的没有任何创新意义的所谓论文、专著被源源不断地炮制出来。由此来看，真正的“知识”在今天远远没有达到“爆炸”的程度。自然科学是这样，社会科学和人文学科同样是如此。

正是在这个意义上，我们将这套丛书命名为“暨南中文新知文丛”。该丛书包括十种学术专著，内容涉及中国语言文学学科的训诂学、语法学、古代文学、现当代文学、少数民族文学、戏剧文学及文化学、民俗学等不同的领域。原创性是这些著作的共同特点，其研究目标皆为目前学术界尚未了解或有待深入探讨的重要课题。其中有些课题十分新颖，为前人所未曾涉足或极少论及；有的课题虽然已有一些零星的研究成果，但本丛书中的著作在系统性和综合性方面无疑仍具开创性。该丛书中无论文集或拼盘式的著作，皆为逻辑严密的学术性理论探讨。与此相关，这套丛书的多数著作体现了强烈的思辨色彩和理性的思考深度。这些思考有的可能显得比较稚嫩，或不够完善和深入，甚至有的观点和材料日后可能被发现是谬误，但这并不影响它们作为“新知”被载入我们这个时代的知识积淀层中。

真理没有终极，科学研究的任务就是不断地发现真理、充实真理和纠正谬误。人文学科相对于自然科学缺少明确的真理量化尺度，所以也更需要不断地探索和创新。说到“新知”，人们往往将之与“旧学”相提并论。当年蔡元培评价胡适说：“旧学商量加邃密，新知培养转深沉。”其实，“邃密”了“旧学”，使之有了新品质，“旧学”便也有了“新知”的特性，“加”便是创新的过程。我们讲“新知”，要义在于强调研究的原创性。开创一个未知的领域固然好，但在今天科学研究体系已相当完备的情况下，一些传统学科已很难发现尚未开发的“处女地”，多数时候需要在前人已开垦的土地上深入开掘或进一步扩展。这也无妨，只要你有新的思想、理论和方法，仍然会有新发现、新收获。学术研究成果的价值在于一个“新”字，我们也看到过一些学者，数十年皓首穷经，可谓勤勤恳恳，可能著作等身，但只是在已有材料上做低层次的重复劳动。尽管题目、角度不断地变化，却没有什么新发明，提不出新思想、新观点，这样的成果无论如何也不能称为“新知”，就连“旧学”也称不上，因为“旧学”是前人创造的“新知”。在今天整个社会严重功利化，学术界普遍心浮气躁而成果又相对容易发表的情况下，我们所看到的许多新作实际上没有什么新的思想。真正“新知”的产生需要艰苦的劳作和认真深入的思考，人文学科更是这样，创造的过程是一个反复思考、细心斟酌、不断修订的过程，不仅身子要坐得住冷板凳，更要有精神上“十年磨一剑”的淡定。同时要坚守学术的“新知”品格，还需要抵挡得住各种各样的诱惑。古代的学问家往往要么是在位或致仕的官员，要么家境殷实，他们是有了钱（起码衣食无忧）或做了官才去做学问；而今天情况相反，学者一般是做了学问才有钱，“学而优则仕”（或“仕而学则优”），所以必须“大干快上”，让他们去做“名山事业”，难矣哉！不过难非不能也，只要我们愿意，“箪食瓢饮”也乐在其中。这是我本人对于学术的一点理解，也是对在这套丛书中创造了“新知”的作者们的一点期望。

暨南大学中文系是一个有着八十五年历史和优良学术传统的学系，特别是近三十年来学术研究有了长足的发展，詹伯慧教授开创的汉语方言学和饶芃子教授开创的海外华文文学研究已成为学界“品牌”；蒋述卓教授领军的文艺学目前为国家级重点学科。经过几代人的努力，暨南大学中文系的各个研究领域已得到了整体性的显著发展，去年终于获批为一级学科博士学位授权单位。更令人欣喜的是涌现出了一批年轻的学术“新人”。当年本人揾食暨南时已年过不惑，可在系里还属少数拥有博士学位的“新人”。转眼十几年过去了，今天中文系的情况已大为改观，教师队伍已经“博士化”。这套丛书的作者基本上都是近几年进入我们这个团队的年轻博士，其中有的是我曾教过的学生，有的是经我手引进来的。他们来自不同的大学，师从不同的导师，从事不同的专业研究，为暨南大学中文系注入了新鲜的血液，带来了不同的学术风格。这套“暨南中文新知文丛”的推出是一个标志，昭示着暨南大学中文系后继有人，可期厚望。来到暨南大学这些年，特别是近五年主持系务后，我把相当多的精力用在了系里的学科建设上，有时为个人的研究工作被耽误而感到苦恼和无奈，不过想到能为中文系的发展做点事也就释然了。虽然自己老之将至，但看到年轻人的成长，心里感到由衷的高兴。今天暨南大学中文系的学术平台为年轻的学者们提供了一个更大的发展空间，当然也带来了更大的压力。这套丛书的出版，既是他们的一个学术总结，更是一个新的起点和动力，相信更多更好的“新知”将在新一代学者们手里创造出来。

需要强调的是，这套丛书的顺利出版得到了暨南大学“211工程”第三期“比较文艺学与海外华文文学”建设项目负责人、文学院院长王列耀教授及我的同事和搭档、现任暨南大学出版社总编辑史小军教授等人的大力支持，在此我们表示衷心的感谢！

2012年3月20日
于暨南园一叶庐

序

鲍黔明

戏剧从诞生之日起，就是最具有大众性的艺术。首先是审美形式——观众聚集在同一场所、同一时间，观看同一出戏剧表演。创作与欣赏同步进行，这是演剧艺术特有的与其他时空艺术形式大不一样之处。再者，看戏的群体也颇有特色。常言说“人以群分”，但看戏的观众有聚无类，从目不识丁的文盲到学问高深的学者，从平民百姓到达官显贵，从普通士兵到最高统帅，都可能是同看一出戏剧的狂热观众。翻开两千年戏剧演出史，试看古希腊能容纳上万人的露天剧场或文艺复兴时期莎士比亚的环球剧场，直到西方工业化时代，各大城市成千上万座现代化剧场里，经年累月地上演着一场复一场灿烂瑰丽的演出，一代又一代观众们如痴如醉地享受着戏剧盛宴。不难想象，那些经典的戏剧演出，那万人空巷、同声沉浮的热闹场面，如今仍声声入耳、历历在目。

西方戏剧（为区别于本土戏剧——戏曲，定名为话剧）传入中国也有一百多年了。一种外来新演剧形式一旦与本土的社会生活、民众情感相通，进而融入本土文化之中，也就毫无悬念地被中国观众所接纳并获得与中国戏曲同样的文化地位。因其创作相对快捷，又有取之不尽的外国经典剧目可供翻译上演，加之年轻的中国戏剧家们（编剧、导演、演员）迅速成长，新作不断。在经济、文化较发达的上海、北京、天津等大城市，于短短二三十年间，掀起的话剧热竟一时抢过戏曲的风头。话剧终于成为在中国舞台上无可争议的、最具大众性的艺术。

然而，潮起潮落，任何事物总不会一直一帆风顺，总会有停停歇歇之时。进入现代，戏剧竟出现由最大众性的艺术滑向“小众”的趋势。观众不再踊跃，新剧演出周期缩短，原来的戏剧观众移情影院、歌厅，剧院陷入经济困境。戏剧的窘况在当代几乎是世界性的。虽然从表面上看也有例外，如俄罗斯。笔者于20世纪80年代末至本世纪初，多次访俄考察戏剧教育，曾惊奇地发现：当秋冬戏剧演出季到来，在莫斯科总有四五十家剧院同时上演各自的剧目。剧院门前车水马龙，观众踏雪纷至，严寒中传递着融融的观剧热潮。在彼得堡和其他外省城市，戏剧艺术也同样是各地重要的文化窗口，经常有老师带领学生到剧院看戏。显然，这个国家的民众喜爱戏剧已是一种文化传统。可惜，当我们赞叹他们能上演如此多高水平的演出时，看到的绝大多数是各国历代经典作品或改编自俄国19世纪前后的文学名著的剧作。虽然导演们对经典的阐释注重了演出的时代精神和当代观众的审美情趣，但直接表现俄国现实生活的作品少得令人好奇。在与莫斯科全俄最高戏剧艺术学院戏剧文学系系主任座谈时，我曾问他：贵国戏剧艺术创作实力雄厚，为何当下少有新创现代剧？他的回答也令人意外，他说："苏联解体前，剧院勇于针砭时弊，揭露现实生活的演出颇受观众追捧，连新闻界都惊叹剧院的胆识。谁知苏联一解体，剧作家们面对突然降临的广泛自由，却茫然不知要说什么和怎么说了。"显然，俄国同行从社会角度对艺术创作问题作了解答。他的一番话虽引人深思，但并未解开我的心头之惑。因为，对艺术问题进行社会学解读，可以找到一些外因，但并不能触碰到艺术创作的诸多内在问题，特别是不可能触碰到创作的艺术本源问题。日本与中国相邻，也是一个戏剧艺术较发达的国家。源于西方的戏剧——话剧，就是从日本转口传入中国的。而且日本与中国一样，拥有历史悠久的民族戏剧传统，其"能乐"和"歌舞伎"也像中国戏曲那样得以完好传承，并活在当代舞台上。但就我对日本的多次访问发现，他们的戏剧艺术也不景气，主流剧院表现当代社会生活的新创现代剧目大大少于20世纪五六十年代，相对活跃的是一些小剧场的实验戏剧和先锋戏剧。

总体上看，当今世界的主流戏剧艺术似乎正处在反思过去、憧憬未来的某个路口。

戏剧艺术在不同国家所面对的社会经济、政治体制、民族文化等方面的状况有所不同，但在东西方各个国家和地区，戏剧艺术仍按照艺术本源的规律向前发展。因此在憧憬未来的戏剧艺术思考中，更加关注对艺术创作的内在问题的再认识，应该是合理的要求。

不管"戏剧艺术"从前是"大众性"的艺术也好，抑或转为"小众"

艺术也罢，它仍将一如既往地前行。因为戏剧艺术从来不是仅供消遣、可有可无的小摆件、小趣味。戏剧自诞生始，就是属于既给人们感官快乐又同时给予人们心灵启迪的艺术。这种双重功能使得戏剧艺术在漫长的人类生活历程中，特别将在物质愈加富足的今天一直伴随着我们，极大地充实着我们日趋贫瘠的精神生活。

戏剧艺术的发展是同人类文明的发展以及人对自然、社会和自我的不断深入探寻与再认识相一致的，这也是我在前文所说的“艺术本源”的主要内涵。正因为如此，戏剧艺术在人类从启蒙走向现代的过程中，不断抚慰和洗涤人们的心灵，激励着他们在历史长河中艰难跋涉、从不停息。

“戏剧”既然与人在精神生活方面紧紧相连，讨论戏剧艺术创作的内在问题当然也离不开关于人——人学的课题。唐礼兵的《文学语境下的戏剧剖析》正是对戏剧艺术创作中关于“人学”的系统研究，深入讨论了滞延当代戏剧向更高处攀登的症结所在，呼吁在戏剧文学创作和演剧艺术的导演阐释中重视对人的剖析与对艺术的再认识。

《文学语境下的戏剧剖析》展示了作者唐礼兵扎实的戏剧文学功底和导演学理论与艺术创作的素养，对戏剧艺术中人学与文学剧本、人学与导演阐释的相关机理展开了多层次的分析。著作的论述风格还使原本艰涩的带有哲学意味的命题，增添了生动的形象色彩，也避开了令人乏味的行文方式。文章言辞犀利，饱含真诚，促人深思，这大约是年轻学者的朝气使然。

相信这部专著能对专业戏剧艺术工作者和同样喜爱戏剧艺术、热心业余戏剧创作的人士有所助益。

2012 年 4 月 2 日于北京

目　录

引　言

戏剧艺术是由“戏剧文学”和“演剧艺术”两个部分组成的。演剧艺术又包含了“文学性”和“舞台性”的双重特征，这是戏剧固有的特性。

文学性的本质特征是“人学”。戏剧文学的文学性要求以及戏剧文学在戏剧中的地位，显现出文学性对戏剧这一艺术形式的影响最为深远。演剧艺术对于人的倚重性和对人的精神世界与情感体验的关照深度，凸显出作为人学的戏剧相对于其他艺术形式，在对人的理解、挖掘和开拓上有着先天的优势与强势，这一特性决定了演剧艺术所要求的文学性，其根源和本质是基于人学的价值意义与内涵之上的文学性。

演剧艺术的创造者是导演，导演阐释的工作源起于文学剧本，终结在舞台呈现，这是使用舞台综合形象系统进行演剧艺术创作的过程。不同的导演阐释进行的是不同的文学性的开掘拓展和舞台性的再创造。导演阐释要达到的无非就是演剧艺术中文学性和舞台性处理的协调平衡与合理。从剧本分析到导演构思，都无法脱离文学性的诸要素分析，这其中，从来都贯穿了对人的关怀和情感。人学关怀不仅是戏剧文学，也是演剧艺术的本质特征。

戏剧艺术的历史展现的是人学发展的历程，戏剧文学性内涵的变化演进同时参与着这种对人的认识的推进。在一切艺术形式中，戏剧的人学力量最为强大，人学成果也最为丰富。

人学认知是戏剧的核心内容，戏剧文学与演剧艺术在人学的追求上并无二致，都出发于对人学的追寻及不断深入的拷问。人学认知决定着戏剧文学的创作形式，进而影响演剧艺术。戏剧艺术的发展要求各个创作元素都要综合在一个基点之上，这个基点就是演剧原则的统一连贯和文学性的完整及现实意义。中外历代优秀导演的艺术创造，是准确把握这一基点，并使舞台的形式（舞台性）与观念（文学性）得以充分融合统一的成功证明。

笔者在研究这一课题的过程中，努力用细致、微观的分析来考察戏剧的文学性发展历程、现状和未来，又以宏观的视角全面审视演剧艺术。越深入分析文学性和舞台性的关系、戏剧和文学的不同，就越发现它们的差异其实很小。戏剧之所以能得以存在和发展，不仅仅在于演剧形式的独特性，更在于它关注人类的人学本质。

马丁·艾斯林[①]著有《戏剧剖析》一书，是为阐释戏剧之定义、本质及相关特性；《文学语境下的戏剧剖析》亦然，是对戏剧的艺术本质进行的又一种剖析。

---

① 马丁·艾斯林（Martin Esslin，1918—2002），英国戏剧理论家、戏剧导演，著有《戏剧剖析》、《荒诞派戏剧》等。

导 论

戏剧是继建筑、绘画、雕塑、音乐、舞蹈、诗（文学）之后人类创造的第七类艺术[1]，没有前六类艺术的参与、融合，戏剧便无以形成。

因此，作为一种综合艺术，戏剧融合了多种艺术的表现手段，直接的、外在的表现是文学（主要指人物的语言台词）、造型艺术（主要指演员的表演艺术以及戏曲艺术中包含的舞蹈成分与布景、灯光、道具、服装、化妆）、音乐（主要指音响、插曲、配乐等）。戏剧艺术“集文学、表演（包括舞蹈）、美术（建筑、雕塑、绘画）、音乐于一身”[2]。

其实，简单地划分，戏剧艺术可以分为两个相互制约、相互区别的基本部分：一是戏剧文学，二是演剧艺术。这正是本书所采用的划分方式。

首先是戏剧文学（剧本）。在戏剧发展史上，它大致出现于戏剧逐渐形成并成熟之际。在文学领域，戏剧文学文本是文学作品的一种特殊体裁，具有文学作品所具备的精神实质和艺术风格；在戏剧实践领域，它是演剧创造的基础和起点。戏剧文学文本在戏剧艺术中的重要性不言而喻，它是“一剧之本”，提供了舞台演出的文字依据，这种文字依据不仅仅是语言、行动、情节的故事蓝本，也是塑造人物形象、开掘主题思想的依据和出发点。

在亚里士多德[3]看来，“戏剧体诗”和“抒情诗”、“史诗”，都是“诗

---

① “第七艺术”观点源自意大利人乔托·卡努杜（Riccitto Canudo，1877—1960），其在1911年发表的《第七艺术宣言》中宣称电影是“第七艺术”，这里是对这一理论的一种延伸说法。“第X艺术”的说法来自美学研究理论，是为了分类而将艺术门类分为建筑、绘画、雕塑、音乐、舞蹈、文学、戏剧、电影。这种分类方法遵循了发生学的时间维观念，从人类最早形成的“艺术”——建筑开始，直到最近形成的“艺术”——电影为止。越晚形成的艺术形态，越是对更早期的艺术的“综合”。乔托·卡努杜的“第七艺术”的提法，是套用了当时人们早已普遍认可的“第七艺术”——戏剧的位置，以此来推崇电影这一还处于萌芽阶段的艺术形式。也就是说，在当时，“第八艺术”——电影还不存在，或还在形成初期，所以这是一种借用。中国学术界惯常使用这个术语来表述“电影艺术”，并不十分严谨。按照西方艺术学科分类的主流现状，电影专业往往都属于戏剧专业领域。在主流艺术教育中，电影也是戏剧专业的分支。电影作为一个艺术学科单独成立，是从20世纪中期开始的。

② 鲍黔明、廖向红、丁如如、姜涛：《导演学基础教程》，北京：文化艺术出版社2007年版，第30页。

③ 亚里士多德（Aristotle，前384—前322），古希腊哲学家、文艺理论家，著有《诗学》等。

(文学)”的范畴，区别于绘画、雕塑、音乐和舞蹈。戏剧被诗（文学）涵盖了！随着人们跳出原来囿于戏剧文学的局限，把戏剧艺术作为包括从剧本到舞台演出的整体来研究，戏剧才被认为是包括文学和舞台艺术在内的完整的演剧艺术。

其次是演剧艺术。戏剧在舞台上的呈现，是戏剧艺术能屹立于“七大艺术”之林的最重要原因。舞台艺术的创造活动，主导者是导演。“戏剧导演艺术是创造完整舞台演出的艺术”①，导演的地位和作用在如今已经得到了毋庸置疑的肯定——他出现在戏剧文学之后，却必然要完成把戏剧文学与演剧艺术进行结合的艺术创造。虽然戏剧导演史远远短于戏剧（及文学）史（不论是认定歌德②或者梅宁根公爵乔治二世③为真正意义上的第一个导演，戏剧导演的历史也不过一百三十年至两百多年，相对于戏剧近三千年的历史，它的确显得短暂），但是从它出现至今，其在戏剧演出中的核心作用被逐渐强化并有不可逆转之势。在戏剧艺术趋向更大融合的未来，导演的主导地位只会更加突出而不是相反。戏剧舞台艺术的成功与否直接由导演决定，导演的工作是导演阐释，导演阐释准确性、可靠性的高低将对戏剧演出呈现的成败起到核心的关键作用。

戏剧的这种划分方式明晰了戏剧艺术的创造特点：它是戏剧文学的一度创作与演剧艺术的导演“二度创作”相结合的结晶。由于对剧本有极大的处置权，导演“二度创作”的工作也就部分地涵盖了戏剧文学的领域。这体现在一个既定的剧本在不同的导演阐释下，具有不同的主题思想和舞台形象，这种不同直接导致了文学剧本内涵的非确定性和多元化。

不管是戏剧文学的一度创作，抑或导演的“二度创作”，最终的落脚点都是舞台呈现。无论一度或“二度”，都是为着这个目标而服务。但是，同一个戏剧文学文本，在不同的导演阐释下，竟然会产生出不同的舞台呈现——也因此给观众带来截然不同的意义和意象，甚至是对立的审美感受。这种现象原本是正常的，正所谓“一千个导演就有一千个哈姆雷特”。

---

① 鲍黔明、廖向红、丁如如、姜涛：《导演学基础教程》，北京：文化艺术出版社 2007 年版，第 223 页。

② 歌德（Goethe，1749—1832），德国文学家、剧作家，著有《浮士德》等。

③ 梅宁根公爵乔治二世（Georg Ⅱ，Duke of Saxe-Meiningen，1826—1914），德国梅宁根剧团导演。

问题在于，原本正常的、百花纷呈的艺术个性展现，出现了虽有“个性”却无“艺术”的奇怪景象。戏剧文学与导演的“二度创作”既有着共同的归宿，却又因为导演阐释的多样性而不可避免地产生了或多或少的基于哲学、美学等方面的矛盾。由于导演“二度创作”和一度创作的矛盾与不足，演剧艺术中由此出现了最常见而不应该出现的两大问题：

第一，匠艺的“立体成像转换”处理。

按照戏剧文学文本的台词和行动提示，将平面的文字符号系统简单地搬上舞台，转换为属于“时间”的听觉和三维“空间”的造型形象系统——姑且称为“立体成像转换”。这是匠才导演在戏剧舞台上玩的“卡拉 OK”，看似认真、忠实，实则“不读”，空有“形”而无“心”无“神”，把舞台呈现的功能降低到最低级的“说故事”水平，放弃了自己独立的思考能力，把导演工作变成纯粹的舞台综合技术的一般性处理活动。

第二，灵光闪现的突发奇想，形式怪异的盲目尝试。

简单地把戏剧文学文本作为演剧形式革新的载体，赋予剧本以主观奇想的“新意”，为表达所谓新的内涵而肆意篡改、解构戏剧文本，把舞台当作各种形式尝试的堆积场。它同“立体成像转换”的“不读”不同，是“误读”、“乱读”、“瞎读”，粗暴地把戏剧文学文本当作了形式革新的跳板。

导演阐释（从而导致舞台呈现）的多样性是永远值得鼓励和赞赏的，但是舞台呈现的多样性不全都是成功的，导演阐释的多样性也并非是无法可依、无规可循的。要找到对这种“法”的倚靠的可能性、可靠性和有效性，就必须冷静而理智地面对、审视、探究戏剧文学和演剧艺术之间的关系，即它们有着直观化的外形、程序上的先后之分，就更应该在艺术本质和审美内核上有着某种必然的关联甚至规律。譬如，戏剧文学文本是否不仅提供了戏剧叙事的“故事蓝本”，同时也提供了舞台呈现的形式，或者说，它暗含着舞台呈现多样化的可能和基本的约束呢？再譬如，演剧艺术除了以行动性为核心的诸要素综合的舞台性特征外，文学性是否不应“退位”，反而应继续挖掘深化，并成为演剧艺术的另一大本质特征呢？……

要抓住戏剧的本质特征，并将戏剧艺术发扬光大，必须守住“舞台”不放。“舞台”不仅是表演场地空间这一形式外观的简单所指，而且更具有演剧艺术内质的丰富内涵。人们常说“舞台小天地，天地大舞台”，指的就是舞台要表现的内容——“天地”。何谓“天地”？天地之间的人！舞台作为一个表演的时空，如若没有血肉之躯、真情实感置于其间，真的就仅是一个“空的空间”了。

舞台容纳了一切带有表演成分的艺术或非艺术行为，包括歌剧、舞剧、哑剧、戏曲、戏剧（话剧），甚至魔术和杂技，这些都可以在“舞台”上完成。作为“舞台”的艺术——区别于艺术中的其他门类（例如绘画、雕塑），则是指以“演”为核心要素的演剧艺术，即广义的“戏剧艺术”，其包含了歌剧、舞剧、哑剧、戏曲、戏剧（话剧），不包含魔术、杂技、相声。本书的论述涉及演剧艺术中的其他门类——歌剧、舞剧、戏曲，但都只是对比性质的旁证、反证，落脚点始终还是在戏剧（话剧）上。

简单地说，本书提及的“舞台艺术”，首先指的是“戏剧（话剧）”艺术。

之前已经提到“戏剧艺术”可以划分为戏剧文学和演剧艺术两个部分，但这种简单的外形划分无法满足进一步研讨戏剧的艺术特质的需要。要谈“戏剧艺术”，就无法回避戏剧特性的问题，诸如“戏剧性”、“假定性”、“文学性”、“行动性”、“动作性”、“剧场性”，以及相关的“冲突”、“情境”、“悬念”……诸多概念会扑面而来，而这些概念在逻辑上有的偏重形式因素，有的强调价值特点，各有所言，存在交集，更存在逻辑不完全对等而导致认知上的叠加、错位甚至模糊。在把“戏剧艺术”划分为戏剧文学和演剧艺术的前提下，我们再次化繁为简，在演剧艺术之下，又将一切能为演剧艺术所包含的戏剧性因素划分为两个对等的概念：一个是“文学性”，另一个是“舞台性”。在演剧艺术“戏剧性”的独特属性之下，所有的舞台艺术活动都可分为“文学性”和“舞台性”两个范畴。也就是说，创造演剧艺术的导演阐释的一切内容都被这两个概念涵盖了，它们或者是“文学性”的，或者是“舞台性”的，或者两者兼而有之。这样的二分法，希望是简单却不粗暴的。

演剧艺术的内质是“文学性”和“舞台性”，导演阐释所针对的就是两项：一是“文学性”，挖掘并深化舞台艺术的文学性；二是“舞台性”，创造革新演剧艺术的舞台性。

戏剧文学具有“文学性”是无须多言的，演剧艺术则具有“文学性”和“舞台性”的双重特征。本书将要论述的“文学性”，涉及戏剧文学的内容，但更大的关注和落脚点是在演剧艺术部分的“文学性”内涵与外延——是针对导演阐释的立足和内容而言的。

优秀的戏剧作品，一定是文学性和舞台性优强结合的艺术创造。认清文学性缺失是许多戏剧演出失败的原因，并不是否认导演在舞台性创新上进行的努力和成功经验。作为完整的演剧艺术的创造者，导演必须要处理好两者的关系，既要挖掘、深化文学性，又要开拓创新舞台性。当然，它们不是孤立的，而是血肉相连、息息相关的。要真正接近戏剧艺术，就要以文学剧本为基础，在舞台上进行文学性的继续创造和舞台性的创新。强化舞台艺术的文学性，对舞台性革新突破的成功是有益无害的。

文学性和舞台性是戏剧艺术的固有特性，从戏剧诞生起，就一直有对两者关系的探讨。本书强调“文学性”的重要性，一则是因为之前学界对此没有深入的认知，有再认知的必要；二则是因为这一认知似乎被轻易抛弃、遗忘了，或者以为这是保守的旧框框。“舞台性”在演剧艺术中的重要性不必多言，相信有关“舞台性”的命题会有更多人更大量的论述。只不过，本书论述所选择的是“文学性”，这源于对戏剧舞台上文学性内涵过分缺失的一丝愤懑和无尽担忧。

小结：戏剧艺术是由“戏剧文学”和“演剧艺术”两个既有分别又不可分离的部分组成的。演剧呈现是戏剧艺术的落脚点。演剧艺术活动包含了文学性和舞台性的双重特征，这是戏剧固有的特性，任何一种特性的消失，都是戏剧艺术衰亡的开始。

第一章

戏剧文学与演剧艺术的文学性

第一节 戏剧——诗（文学）

到底何谓戏剧？戏剧的特性何在？两千多年来，戏剧理论家们给出了各自的说法，有的强调“意志冲突”，有的说是“激变”，还有的看重“情境”[①] ……虽然在理论上至今还没有找到一个确定的答案，但是大致的并且趋向最终本质的定义正在显现出它的轮廓。当然，这并不会影响到本书的论述。

戏剧所具有的性质和相对公认的定义在《中国大百科全书·戏剧》的前言中已经由谭霈生[②]先生进行了较为详尽的论述[③]，本书在论述中所采用的戏剧理论基础概念大部分是以《中国大百科全书·戏剧》为标尺的——这一点在行文中会逐渐显露得更加清楚。需要说明的是，《中国大百科全书·戏剧》给出的是最核心的戏剧概念，并非唯一，尤其是深入到戏剧之下的大量其他亚概念，笔者也使用了中外各大戏剧理论家的其他理论。当然，这些理论的运用在本书中是被纳入同一个逻辑体系之中的。

“戏剧”一词，英语是 theatre，法语是 théatre，德语是 theater，它们都始源于希腊语的剧场 theatron，即“观看的场所”。狭义的戏剧概念是指作为建筑物的剧场，因而，“戏剧”一词通常指剧场艺术。另外，戏剧也有 drama 或者 dramatic art 之称，drama 一词同样源自希腊语的 dran，意为“做”。两者在中文中都可以指代戏剧，在现实中我们也称为话剧。虽然 theatre 和 drama 两个单词在广义上常常被等同地使用，但是它们在含义上仍有一些差异，这里稍稍辨析一下。theatre 主要有两个含义，一是指演出的剧场：建筑、结构、演出空间，甚至有 movie theatre（电影院）一词；

---

① 谭霈生：《戏剧》，《中国大百科全书·戏剧》，北京：中国大百科全书出版社 1989 年版，第 3 页。

② 谭霈生（1933— ），中央戏剧学院教授，戏剧理论家，著有《论戏剧性》等。

③ 谭霈生：《戏剧》，《中国大百科全书·戏剧》，北京：中国大百科全书出版社 1989 年版，第 1 ~ 10 页。

二是指戏剧各种成分的总和：建筑、布景、表演等。drama 的含义稍窄，主要指演出的剧目和剧本，带有较重的戏剧文学色彩。theatre 衍生出来的 theatrical，偏重于舞台性的所指；drama 衍生出来的 dramatic 一般指戏剧性，稍稍偏重于文学性的指向。

《中国大百科全书·戏剧》采用的是 drama①，中央戏剧学院的英文译名②采用的也是 drama。

从对“戏剧”一词的源义分析可以看出，在“戏剧”一词的诞生和使用中，已经包含了“文学性”和“舞台性”这两种特性。当然，它们在戏剧中的地位高低经历了一个由文学到舞台的过程，而两者应该走向一个文学与舞台并重、互相促进的未来。

最早的戏剧文艺理论家古希腊的亚里士多德和德国的哲学家黑格尔，都把戏剧看作“诗”的一部分。亚里士多德总结古希腊悲剧的著作被称为《诗学》，黑格尔则把戏剧称为“戏剧体诗”。他们所指的“诗”是一个非常明确的概念，即“文学”：以人类口舌所表达的，以语言作为媒介，以心灵为倾诉的对象，在观念中创造美的意象，或者说，创造美的观念的意象。亚里士多德说：“有一些人用颜色和姿态来制造形象，摹仿许多事物，而另一些人则用声音来摹仿，或用不入乐的散文，或用不入乐的‘韵文’……”③ 亚里士多德的“诗（文学）”，是一个艺术的门类，与采用“颜色”与“姿态”并诉诸视觉的绘画和雕塑，与采用旋律与节奏并诉诸听觉的音乐相对立、相并列。在“诗（文学）”这个门类中，又分为“抒情诗”、“史诗”与“戏剧体诗（悲剧）”三种。

---

① 谭霈生：《戏剧》，《中国大百科全书·戏剧》，北京：中国大百科全书出版社 1989 年版，第 1 页。

② 中央戏剧学院的英文译名为 The Central Academy of Drama。

③ 吕效平：《戏曲本质论》，南京：南京大学出版社 2003 年版，第 6 页。

亚里士多德（Aristotle，前384—前322），古希腊哲学家、文艺理论家，著有《诗学》等，和柏拉图、苏格拉底一起被誉为西方哲学的奠基者。

黑格尔（Hegel，1770—1831），德国哲学家，著有《哲学全书》、《法哲学原理》等。黑格尔的唯心主义哲学对后世哲学流派，如存在主义和马克思的历史唯物主义都产生了深远的影响。

亚里士多德将戏剧划归于“诗（文学）”，将戏剧作为一种文学现象进行观察和研究，明确了欧洲传统戏剧的文学本质，而把它的舞台性看得不很重要。这极大地影响了后世对戏剧学的研究，致使文学性成为判断一出戏成功与否的最具决定性的准则。亚里士多德是将戏剧文学几乎等同了戏剧，因此将戏剧归属于“诗（文学）”。

黑格尔同样看重戏剧的文学本质。他在论述“戏剧体诗”区别于“抒情诗”和“史诗”的特殊本质时，提出戏剧体诗是“史诗的客观原则和抒情诗的主体性原则这二者的统一”，即一方面“动作既起源于发出动作的人物性格的内心生活”，另一方面“具体的心情总是发展成为动机或推动力，通过意志达到动作，达到内心理想的实现”①。在阐述“戏剧体诗”同“史诗”与“抒情诗”的区别时，他强调的还是戏剧的文学特征。

将“戏剧”归于“诗（文学）”的山头之下，是人类在最初面对“戏剧”这一艺术形式时的认知，它有明显的不足甚至是缺失，但由此而强调戏剧的“文学性”并非错误。

---

① ［德］黑格尔著，朱光潜译：《美学》，北京：商务印书馆1981年版，第240页。

小结：戏剧的“诗”属性，是人类对戏剧的一种不完整认知，但也造就了后世对戏剧的文学特征的必然倚重。

第二节　戏剧文学及其文学性

如果说文学性是文学作品的特质属性，而又将戏剧归属于“诗”（文学）的范畴的话，那么看重戏剧的文学性就有如水到渠成，自然无可厚非了。文学的标准，自然也成了戏剧的标准。

高尔基（Gorky，1868—1936），苏联作家、戏剧家，著有《在底层》、《小市民》等，是社会主义、现实主义文学奠基人，政治活动家，苏联文学的创始人。

简单地看看什么是文学的“文学性”或文学价值。

高尔基说：“文学的第一要素是语言。”“文学创作的技巧，首先是在于研究语言，因为语言是一切著作、特别是文学作品的基本材料。”① 一般的文学语言都是从生活语言提炼、加工而成的，诸如准确、简练、生动性、形象性以及含义的丰富性，是对文学语言的基本要求。这些，正是构成文学性的一种因素。文学是语言的艺术，这是最基本的认知。进一步看，主要的文学体裁是诗和小说，因此可以说，文学是语言和情节的艺术。不能说凡

---

① ［苏］高尔基著，孟昌等译：《论文学》，北京：人民文学出版社 1978 年版，第 332、321 页。

是有情节的都是文学，只有把一个具有一定长度的完整故事有个性、有技巧地叙述出来，才是达到了文学的高度。同样地，不能说凡是让人物张口说话的都是文学，只有把话说得有风格，才达到了文学的高度。举凡世界文学名著，如《悲惨世界》、《红与黑》、《红楼梦》等，在语言、情节以及在语言和情节中塑造出的深刻独特的人物形象都是有相当高度的。从这个角度看，一部文学作品的文学性或文学价值高低的直接指向首先就是语言、情节、人物形象。

戏剧的文学性最初必然体现为戏剧文学的文学性。

戏剧文学（剧本）既是文学体裁的一种类型，同时又是戏剧各艺术元素起步的基点。戏剧文学作品的这一双重特性，决定了戏剧艺术的一个重要的基本特征：文学性。

首先，文学体裁的要求。戏剧文学剧本也是用语言（文字）写成的，语言的文学性要求当然也适用于这种文学体裁。

我们仍然要提到戏剧学理论的鼻祖亚里士多德。他在总结古希腊悲剧的著作《诗学》中，认为悲剧的六个组成部分是“情节”、“性格”、“言词”、“思想”、“形象”、“歌曲”，其中的“情节”、“言词”与文学的要件要求“情节”、“语言”是一致的。

然而，语言和情节只是文学性的外在形式。所谓文学性，除了语言和情节这些外在形式之外，还包含着文学作品内容上的要求，可以称为文学性的内在表现。

高尔基将作家从事的职业称为“人学”，强调这一艺术对“人”的特殊关照，这是意义深远的。本书将戏剧置于文学语境下的分析，正是依照这种“人学”的尺度。作为文学体裁之一，戏剧文学当然也是“人学”。人物形象的塑造，乃是评价戏剧文本中文学价值高低的重要问题。像《哈姆雷特》、《李尔王》、《奥赛罗》、《威尼斯商人》、《万尼亚舅舅》、《安娜·桂斯蒂》、《北京人》、《雷雨》、《茶馆》等戏剧作品，之所以能在文学史上占有一定的地位，又能在戏剧史上占有一定的地位，其重要原因之一就是：它们塑造的人物形象能与中外其他文学名著中的人物形象相媲美。具有文学价值的人物形象，既不是某种观念的简单图解物，也不仅仅是所谓“类型化”的人物。它应该具有丰富的个性，同时又具有很高的典型意义。就像别林斯基[①]对莎士比亚[②]剧作中人物形象所评价的那样，它们“是两个极端——普遍性与特殊性——的有机的融合的成功”，“这是把普遍的概念在一个被艺术的创作出来的人物身上特殊化起来，他是个人，又是概念”。[③] 这样的人物形象才是文学中的典型形象。同样，戏剧如果不能塑造这样的典型形象，而只是提供“类型人物”，很难说是成功的。事实上，真正的现实主义剧本，从来都不满足于只把“类型人物”送上舞台，而是用戏剧艺术有限——也同样有力——的表现手段努力塑造真正的典型形象。

强调戏剧文学剧本的这种文学价值从来都是必要的。在世界戏剧史上，我们不难发现，往往是那些具有很高文学价值的典型形象能最容易也能最长久地屹立在戏剧舞台上。《哈姆雷特》能在世界各地千万次地被搬上舞台，其中哈姆雷特这个典型形象具有的极高文学价值是不容否认的重要原因。现当代的戏剧艺术中，语言犀利的有，情节复杂的也有，但是留下的经典不多。从戏剧文学剧本开始，具有较高文学性的典型形象的创造就存在着缺陷，这是重要的原因之一。无论是剧本还是导演，或者表演，如果没有能够同完成“人学”的任务统一起来，忽视了戏剧应有的文学价值——塑造典型形象的话，往往容易归于失败。因为除了语言和情节，戏剧人物形象的成功塑造从来就是一部优秀戏剧作品的必然要求。

戏剧文学对于语言、情节和塑造典型人物形象的内在要求，同文学所追求的语言、情节和人物形象的要求是完全一致的。

其次，戏剧文学剧本是戏剧艺术的起点和基点。戏剧对文学性的依赖程度之高，已经让文学性成为其艺术本质的内在要求之一。通过对戏剧文学—戏剧舞台艺术和电影文学—电影的比较，会有一些有趣的发现。

电影文学剧本是电影艺术——至少是故事片电影类型的起点，但电影文学剧本就像塑料袋，是“一次性”的。一个电影剧本的创作只能针对一部电影的拍摄，同一个故事内容的电影，哪怕翻拍许多次，每次的电影剧

① 别林斯基（Belinskiy，1811—1848），俄国哲学家、文学评论家。

② 莎士比亚（Shakespeare，1564—1616），英国诗人、戏剧家，著有《哈姆雷特》、《李尔王》、《奥塞罗》等。

③ ［苏］别林斯基著，梁真译：《别林斯基论文学》（下），上海：新文艺出版社1958年版，第128、129页。

本必然都是不同的——这在电影艺术创作中是天经地义的。一旦电影拍成，搬上荧幕，电影剧本的任务就结束了，只能放在资料架上以供研究，此时的电影剧本已经没有了电影艺术“再创造”的价值。我们无法由此而否认电影剧本的文学性内涵，但是它的“文学价值”只能体现在为电影拍摄提供“故事蓝本”上，仅此而已。电影文学的文学性不是不存在，只是由于电影文学的独立审美价值在拍摄成电影之前尚难确认，只有当文本变成电影时，它的文学价值方才凸显出来。而此时，它的形态已不仅仅是文本，电影的文学价值连同文本和拍摄技术融会在一起而呈现，甚至可以说，电影文学是必须经过拍摄、剪辑，形成了“影像文本”后才算完成了的一种特殊的文本。

戏剧文学的遭遇则“幸运”多了。它是戏剧艺术的一度创作，尽管要经过导演的“二度创作”才能在舞台上呈现，但是由于一部戏剧文学作品在不同的国家、不同的民族、不同的时代，在不同的导演阐释下，能展现出不同的主题思想和舞台呈现而具有不同的审美价值，戏剧文学独立的审美价值也由此产生。如果一部戏剧文学剧本只能针对一次舞台演出，那将是可悲的。优秀的戏剧文学剧本可以跨国界、跨时代地被不断搬上舞台，而这样的优秀剧作也必定具有极高的文学性。戏剧舞台对戏剧文学剧本的倚重之深，远远超出电影对电影文学剧本的依赖，文学性高低对于两者影响的大小不言而喻。

戏剧文学作为文学的体裁之一，归于文学的山头毫无争议。瑞典每年都要颁发诺贝尔文学奖，一百多年来，得此文学奖奖项的剧作家不胜枚举，原因再简单不过：杰出的戏剧文学作品同优秀的小说、诗歌等其他文学作品一样，具有极高的文学价值。

从与电影文学的比较中可以看到，在八大艺术之中，除了“文学”本身以外，音乐、舞蹈、绘画、建筑、雕塑五大艺术的艺术性特质相对都较为单一，和文学性的瓜葛甚少；电影文学对电影的影响虽然存在，但并不强烈；戏剧文学同戏剧的关系则非同一般，戏剧对戏剧文学的倚重是内在的要求。

小结：在其他艺术门类中，并非不包含文学性的成分，但是戏剧文学的文学性要求和戏剧文学在戏剧中的地位，凸显出文学性在面对非“文学”的其他艺术门类时，对戏剧这一艺术形式的影响最为深远。显而易见，除了文学艺术自身以外，在所有其他的艺术形式中，戏剧具有的文学性特征最为强大、最为本质，它超过电影，也远胜于音乐、绘画、雕塑……

第三节 演剧艺术及其文学性

戏剧的文学性，更高级的也是最终能体现出来的是演剧艺术的文学性。

“戏剧文学”是戏剧艺术的一个重要部分，戏剧的另一个更加具有特性的部分就是“演剧艺术”。在亚里士多德之后两千多年的18世纪，德国的戏剧家莱辛在戏剧理论著述《汉堡剧评》中才明确看到，“人们已经跳出原来囿于戏剧文学的局限，开始把戏剧艺术作为包括从剧本到舞台上演出的整体来研究的观念，认识到‘戏剧’不仅仅是文学，而应该是包括文学在内的完整的演剧艺术”[1]。人们对戏剧艺术的认知从剧本论发展到演剧论，是一次巨大的进步。戏剧作品只有被搬上舞台演出，不再是仅供阅读的案头剧，才算是“活”了，有了自己完整的生命。戏剧文学和

莱辛（Ephraim Lessing，1729—1781），德国戏剧家、戏剧理论家，德国启蒙运动时期最重要的作家和文艺理论家之一，著有《汉堡剧评》等。他的剧作和理论著作对德语文学的发展产生了极其重要的影响。

① 鲍黔明、廖向红、丁如如、姜涛：《导演学基础教程》，北京：文化艺术出版社2007年版，第5页。

演剧艺术的结合，才是完成了的戏剧艺术。

戏剧文学使用文字符号系统创作，创作者是剧作家，谈戏剧文学的文学性自然容易为人理解。演剧艺术使用的是丰富多样的舞台艺术的综合形象系统，即属于“空间”的造型艺术和属于“时间”的听觉艺术，创作者是融合这两大类形象系统的导演。在演剧艺术中，“文学性”是如何体现的呢?

高尔基在提出“文学的第一要素是语言”后，进一步指出“文学的第二要素是主题”。“主题”指的是一部文学作品的思想内容，这是文学作品的灵魂。主题绝不是作家直抒政见，或者进行道德说教，而是指寓于形象中的基本思想，是作品题材和思想内涵与剧作家主观认识的统一。它决定了作品的思想性，而“思想性不是文学性的外加之物，而是它的内容要素之一”①。“主题”的内涵是多元化的，不管什么样的内涵，主题都是文学、戏剧乃至电影的内在需要。如果一定要总结出一条戏剧艺术的主题，那么只能简单地理解为：戏剧作品的一切主题、思想、立意的指向只有一个——人以及人所处的外在和内在世界，即外在的自然、社会、他人以及内在的精神、内心和情感。这种指向正是文学性的要求。语言、情节、人物形象和主题是戏剧文学作品的文学性组成要素。出发于戏剧文学的演剧艺术，同样要在舞台上展现语言、情节、典型人物和主题这些要素，当然，这种展现是通过行动而非文字描述完成的，其间还包含灯光、道具、布景等舞台性的因素。戏剧文学和演剧艺术的不同之处在于前者是以文字符号系统进行创作，而后者是使用空间的造型艺术和时间的听觉艺术相交综合的多样化的形象系统进行创造。虽然材料和手段不同，但无法抹杀戏剧文学和演剧艺术对于语言、情节、人物形象与主题的共同的文学性追求。文学性在演剧艺术的体现，就在于此。

由此，可以抛开“戏剧文学”，跳到戏剧艺术的另一大核心要素——“演剧艺术”上看一看。不妨做一个大胆的假设，我们没有了文字（自然没有了文学剧本），舞台上的戏剧表演还能存在吗？戏剧还能繁衍发展吗？答案是肯定的：当然可以。我们把台词和行动口传身授——这在中国传统戏曲中是极常见的——就完全可以完成。那么这是不是就说明，同样是文

---

① 谭霈生：《戏剧艺术的特征》，上海：上海文艺出版社1985年版，第41页。

盲的观众所欣赏的以这种方式传承的戏剧演出就没有文学性了呢？回答是否定的：当然不是。只要演出在舞台上呈现出来，一方面，它宣告了文学剧本的隐退——以演出呈现为目的的视角看，演出呈现的当下，剧本、导演都不需要在演出现场，观众在观剧的时候，欣赏的就是以演员表演为核心的在舞台上呈现的一切视觉、听觉存在，即声、台、形、表、服、化、道、布景、灯光……或者称为语言和行动；与此同时，由于演出包含主题、立意、人物形象的塑造，在宣告文学剧本隐退的同时，也在另一层面确定了演出在文学性层面上的不可逆转——同一剧目的不同演出会呈现各异，其文学性内涵自然有高下之分。极端地看，没有文字，戏剧一样存在、发展，但是戏剧的文学性并不会丧失，也不可能丧失，只不过有高低之分。如果说，以舞台呈现为标准的好的戏剧作品是具有生动的语言、合理的情节、丰满的人物形象、深刻的主题……而这些因素中的关键部分正是“文学性”的内在要求的话，那么可以很肯定地说：戏剧作品流传的时间长度和地域广度从根本上是由其文学性的高低决定的，这种文学性已经脱离了戏剧文学剧本意义上的文学性，而是演剧可呈现的文学性。也就是说，具有较高文学性的戏剧文学作品，如果演剧呈现不足以将之展现出来，这样的演出也会归于失败——这种情况数不胜数；只有在优秀文学剧本的基础上，演剧呈现的文学性——当然也包括舞台性——也达到了较高甚至更高、更广、更丰富的情况下，才能产生一部优秀的戏剧作品。

戏剧艺术虽然可以脱离戏剧文学，却不可能脱离其“文学性”，有两个事实可以证明。例如，意大利的“即兴喜剧”[①] 是没有剧本的，演出时由演员按照自己扮演的定型人物即兴编台词和表演。这样的演出在意大利曾流行了近两个世纪。虽然人物的“定型”就是文学性的某种简单约束，但是毕竟演出内容是按照剧情大纲即兴编演的，也很难保证思想的完整和深刻，即兴喜剧对于剧本的依赖程度一直相对较低。到了18世纪，哥尔多尼[②]对即兴喜剧进行改革，对即兴喜剧进行了文字的记录、文本的完善乃

---

① “即兴喜剧”指没有写好的剧本、台词，也不经排练就进行演出的一种戏剧表演形式，从古希腊、古罗马时代开始就在民间产生并流传。至17世纪时，意大利已经出现即兴喜剧，通常戴假面面具上台，角色定型，采用幕表制。

② 哥尔多尼（Goldoni，1707—1793），意大利喜剧家，著有《一仆二主》、《狡猾的主妇》等。

至文学的创造，逐步用完整的文学剧本代替了原有的即兴表演，为演出提供文学价值的基础，这主要表现在典型形象的塑造和思想内容的完整性与深刻性上。意大利即兴喜剧能为今人所知晓并喜爱，尤其对哥尔多尼时代即兴喜剧的研究、肯定，甚至传承发扬，正是因为从哥尔多尼开始，即兴喜剧的文学性被大大提高了，它不再是之前那些内容空洞、单纯追求笑料的滑稽戏，而成为富有时代和地方色彩的一幅幅鲜明生动的生活图画；依然以定型的角色命名的人物，也都具备了思想性格和个体特征；那些生动、复杂、引人入胜的情节背后，都充满了作者哥尔多尼的主导思想、热烈的愿望和充沛的乐观主义精神。表面上对戏剧文学依赖较小的即兴喜剧，能保留存活到发扬光大，其文学性的提升功不可没。再如，中国早期的新剧①，很多采用了类似于即兴喜剧的只提供表演内容大纲的"幕表制"方式，在剧情中穿插着议论，人物形象的塑造和思想立意都不高。在这之后，一批剧作家用辛勤的创造为戏剧艺术注入了文学性的内容，才为奄奄一息的文明戏带来了新的活力。

演剧艺术——广义的戏剧，不管是什么形式，都包含着"文学性"和"舞台性"两种特性，但是由于形式的不同，对两种特性的偏重和追求也是不同的。我们用中国人最为熟悉的"戏曲"和"戏剧（话剧）"进行对比，也会有一些有益的发现。

对比之前，要引入"剧场性"这一概念。

在戏剧戏曲学的研究中，无论是针对中国戏曲还是欧洲传统戏剧，都会经常使用诸如"文学性"、"剧场性"等概念。对于"剧场性"，有论者提出："剧场性，是指表演的'抓人'力量。即使非戏剧的表演作品，也应该具有剧场性，例如魔术和杂技造成的'惊奇'效果；音乐演奏和演唱中旋律、节奏造成的动人力量；舞蹈的形体之美与流动的韵律之美，滑稽表演的谐趣调笑，都属于表演艺术的剧场性。""剧场性，倾向于以人的感官为诉说对象，在每一个瞬间打动人，具有形式美的反复鉴赏的耐久性。"②

---

① 新剧，即中国早期话剧。因有别于中国传统戏曲，故当时被称为新剧，又称作文明戏。

② 吕效平：《戏曲本质论》，南京：南京大学出版社 2003 年版，第 40 页。

剧场性是演剧艺术的共性。以元杂剧为代表的中国戏曲，总体而言，其“剧场性”远大于文学性，在舞台表演中以音乐歌舞为主导，讲究唱腔、唱词、身段。大段的唱腔是为着符合“套曲”的体例，着力表现的是角色的人物形象和演员本人的唱功，绝不在于情节的推进。俗语“听戏”，观众重听轻看，就是对戏曲创作重曲轻戏的艺术特点的自然反应。观众大都能跟着演员的唱段和唱不绝，著名的唱腔段落如流行歌曲一样广为流传，唱腔加上表演的“固定”，戏曲被“程式化”了——这也就成了戏曲的一大特点。然而轻戏的后果就是剧作文学性的情节孱弱和逻辑松散。元杂剧的故事多来源于中国早期的鬼神传说和唐宋传奇，原创甚少。例如，爱情故事多有“母女寡居”、“生旦偶遇”、“诗书传情”、“婢女撮合”、“隔墙相约”、“相思成疾”、“老母阻挠”、“月下偷会”、“私许终生”、“无奈分离”、“终成眷属”等俗套情节，雷同甚至蹈袭的情况比比皆是。文学性的缺失也成了戏曲的另一大特点，然而这并没有导致中国戏曲的灭亡，原因很简单，因为中国戏曲注重的是“歌曲”——虽然这是亚里士多德提出的六要素中最看轻的，但是通过自身音乐（大曲与小曲）的整一性，达到了它在“重曲”审美上的完整性。这有些类似于歌剧，毕竟中国戏曲不是西方以亚里士多德的“重文”的戏剧审美模式为发展标准的。中国戏曲能与欧洲戏剧同样存活发展，丝毫不表明放弃情节是对的。在“重曲”的元杂剧时期，放弃情节更大的原因恐怕是无能为力，是一种无奈，而一旦元杂剧的情节水平提升了——无论是有意或无意，尤其是提升到亚里士多德所强调的以“情节”为核心的文学性的较高水平时，元杂剧便因其“重曲”之上又“重文”而立即如虎添翼，变得高大起来。

中国的古典戏曲作品，最早被介绍到西方的是《赵氏孤儿大报仇》[①]和《感天动地窦娥冤》[②]，这绝不是偶然，因为它们迎合了欧洲传统戏剧对以情节整一性为重要标准的文学性的要求。这两出戏恰巧就是元杂剧中相对而言情节最整一、逻辑较紧凑的，它们在中国戏曲历史上享有的崇高地位与更多传统戏曲在现今发展过程中遇到的巨大困难，从正反两方面证明了文学性高低对于即便是以曲为重的戏曲舞台同样也起着不可忽视的重要作用。

---

① 纪君祥：《赵氏孤儿大报仇》，元刊本作《赵氏孤儿》。

② 关汉卿：《感天动地窦娥冤》，又作《窦娥冤》。

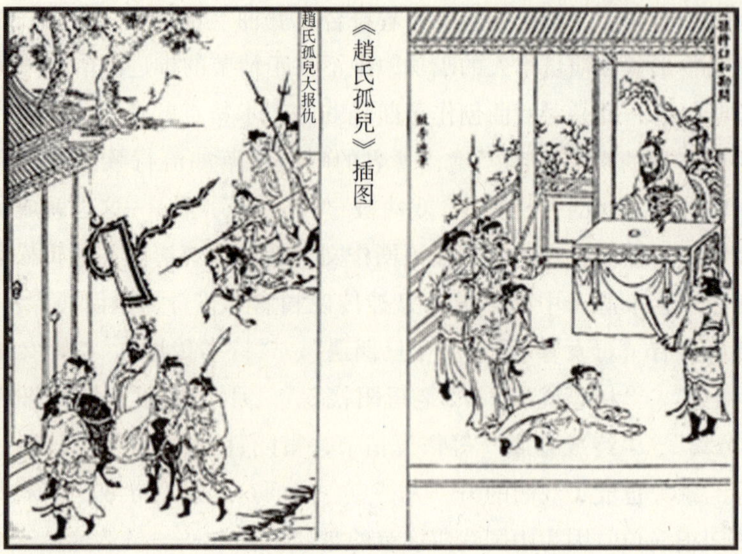

《赵氏孤儿大报仇》插图

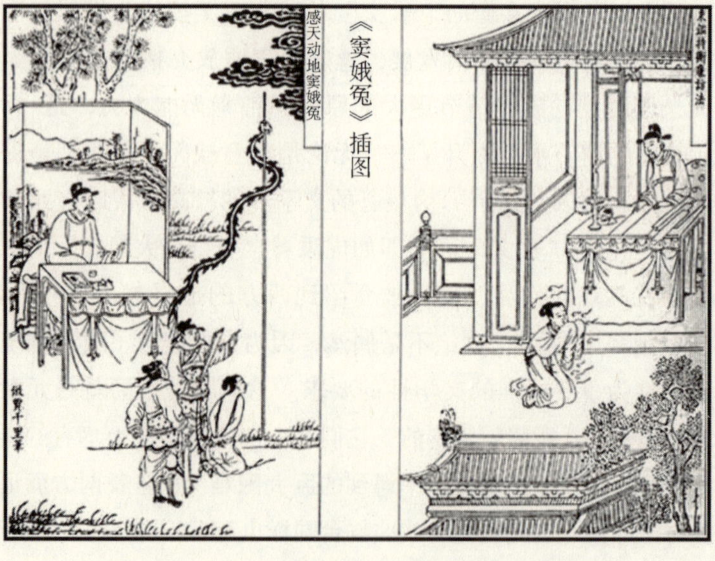

《感天动地窦娥冤》插图

对于日渐式微的戏曲舞台艺术，剧作家汪曾祺[1]在一篇以京剧危机问题为由头的文章里明确提出："决定一个剧种兴衰的，首先是它的文学性，而不是唱念做打。"他提出，京剧的衰微，在文学性上体现在几个方面："陈旧的历史观"、"人物性格的简单化"、"结构松散"、"语言粗糙"。[2] 这不正是主题、人物形象、情节和语言吗？这些问题又何尝不是现代话剧舞台上的通病？本书无意对中国戏曲的景况说三道四，也无法提出拯救戏曲的策略，只是汗颜"重曲轻文"的戏曲都鲜明提出"首先是文学性"了，而话剧却羞羞答答地支吾不清。京剧还有"唱念做打"的"本钱"，连这种"本钱"都没有的话剧，再不牢牢抓紧"文学性"，戏曲的今天就是话剧的明天。

在演剧艺术的其他形式中，歌剧以音乐因素为主，舞剧以舞蹈因素为主，哑剧以形体动作为主，三者都含有文学性的影响，但是"技艺"成分明显占据更重要的决定性地位。相比之下，对文学性的内在要求，戏剧（话剧）显而易见要远远高于这三者中的任何一个。

演剧艺术里，戏曲和歌剧、舞剧、哑剧因为其"技艺"本身所具有的各自独特而不可替代的审美价值，而能获得较高的可欣赏性。如果说，它们因此还有一点小瞧文学性的资本，那么话剧艺术靠什么"资本"赢得观众呢？它异于其他演剧艺术的独特性何在？难道是融合"音乐、舞蹈、形体动作……"为一身的"大杂烩"般的"综合艺术"吗!？不！能让话剧艺术傲然挺立于演剧艺术家族之中的"骨头"是它的文学性，抛弃文学性的话剧敌不过任何一种演剧艺术，丧失文学性的话剧将比不过杂耍、魔术或者马戏的热闹、惊奇和欢乐。

把文学性看作是戏剧艺术的第一性恐怕是不容轻视的。

小结：戏剧不同于电影，拥有相对独立、更加技术化的艺术语言。在演剧艺术家族中，话剧不像戏曲或者歌剧、舞剧、哑剧那样，以展示音乐、歌舞或纯粹肌体动作为核心，缺乏"技艺"的独特性，也不视"技

---

① 汪曾祺（1920—1997），中国著名文学家、剧作家，著有《沙家浜》等。

② 汪曾祺：《汪曾祺说戏》，济南：山东画报出版社 2006 年版，第 179、180、182 页。

艺”为唯一活路。“文学性”是话剧的本质需要，这种“文学性”与文学或其他艺术的创作符号系统不同，但（借助）语言、情节和塑造人物形象与树立深刻的主题就是“文学性”的内在追求。话剧的文学性要求是演剧艺术各门类中最高的，丧失文学性的话剧会导致“软骨病”。要想有骨气地站起来，话剧就不能轻视演剧艺术的文学性。

第四节　文学性的形式要素——价值内涵——外延——“人学”本质

演剧艺术体现为“文学性”和“舞台性”的充分融合、互相促进。

格洛托夫斯基在《迈向质朴戏剧》中，强调表演艺术是戏剧演出的根本，舞台艺术的核心是演员的表演，除了表演，其他一切诸如灯光、布景、音乐甚至剧本都可以简化甚至放弃——观众欣赏的就是演员的表演。这是抛开了“戏剧文学”意义的戏剧，戏剧被“纯粹”到了演剧艺术的表演层面，看似极端，但是站在舞台的“本位”角度，仿佛也是正确的，并不觉偏颇。

如果以这种“质朴”同时又颇为极端的理解看戏剧舞台，我们就会发现：表演艺术的创作者是“人”——演员；使用的材料是“人”——演员的形体和声音；模仿的是“人”——人的行动；创造的艺术品是“人”——活生生的舞台人物形象；面对的是“人”——现场的观众。除了戏剧，再没有任何艺术类型对于“人”的倚重达到如此的程度。从这个意义上讲，戏剧艺术比文学以及任何艺术都更“人学”。但是，这种对“人”的依赖还是外在的，不足以令“文学性”必然成为戏剧舞台的基因成分。戏剧的“文学性”内涵更在于“人学”的本质，即关注人的本质性，关注人与世界、人与文明、人与自我的关系，尤其是人的内心、精神世界和情感体验。事实上，优秀的戏剧作品正是这样的。

《俄狄浦斯王》、《美狄亚》、《麦克白斯》、《哈姆雷特》、《三姐妹》、《进入黑夜的漫长旅程》、《推销员之死》、《原野》……无数优秀的戏剧作品令后人总结出了这样或那样的各种经验：“塑造了典型形象”，“揭示了深刻的主题”，“深入细致地揭示了人物的心理动机、展示了人物的心路历程”……千条万条，归根结底，就是关注“人”。本书接下来的第二章第四节，会对这种“人学”本质作进一步的论证。

小结：戏剧的演剧艺术对于“人”的倚重性和对人的精神世界与情感体验的关照深度，凸显出作为“人学”的戏剧相对于其他艺术形式，在对“人”的理解、挖掘和开拓上有着先天的优势与强势，这一特性决定了舞台所要求的文学性，其根源和本质是基于“人学”的价值意义与内涵之上的文学性，外延亦如此。这可以理解为关注人，尤其是关注人的精神世界和情感体验，诠释人千变万化的内心世界。

格洛托夫斯基（Grotowski，1933—1999）波兰导演、戏剧家，创立“戏剧实验所”，是“质朴戏剧"的创始人，著有《迈向质朴戏剧》等。

第二章

导演阐释的文学性内核

第一节　导演——导演阐释——“二度创作”

写到这里，再对何为“导演”作一个定义性的陈述似乎有点迟，但这是必要的，以便使后面的讨论不存异议。

导演是实现戏剧演出任务的艺术创作者。[①] 这里的导演是狭义的，是一种身份，指的是从事导演工作的人，英文译为 director。在这个意义的序列上，与之相对应的概念是：剧作者（playwright）——导演（director）——演员（actor）。导演的另一个概念指的是导演工作，英文译为 direction。这个意义的序列上，与之相对应的概念是：剧本（playscript）——导演（direction）——表演（acting）。

导演要从事的工作包括“导演的剧本分析”、“导演构思”、“导演计划”三个部分[②]，这三者结合在一起就是“导演阐释”[③]。

导演是完整戏剧演出的作者。这一认知的明确是戏剧发展的必然，是戏剧理论的重大飞跃。《导演学基础教程》第七章“创造完整的戏剧舞台演出艺术”是这样阐述导演的创作职能和特性的：

第一，在剧本严格制约下的自由飞翔。导演艺术的首要特性是以剧本的一度创作为基础进行的“二度创作”。“一方面需要导演将剧作家蕴含在剧本中的思想、情感转化为自己的思想和情感；将剧作家通过剧本阐释的哲理性转化为导演面对生活的发言。另一方面也需要导演对剧本展现的生活能有新的发现和独到的见解；对剧作揭示的思想内涵能予以丰富或深

① 《中国大百科全书·戏剧·导演》，北京：中国大百科全书出版社 1992 年版，第 85 页。

② 《中国大百科全书·戏剧·导演计划》，北京：中国大百科全书出版社 1992 年版，第 86 页。

③ 《中国大百科全书·戏剧·导演计划》，北京：中国大百科全书出版社 1992 年版，第 86 页。原为“导演阐述”，本书转为“导演阐释”。

化；对剧本蕴含的情感能予以延伸或强化。”①

第二，用自己的形式赋予自己的观念。这要求导演不仅要有对剧本高超的解读能力，又要有运用“自己的形式”，以自己的独立性和独创性，将剧本文字形象转化为舞台演出形象的能力。

……

在各种导演学书籍中，对导演的作用都各有表述。但是我们可以发现，对于导演的职能和导演构思的内容表述，总体上是大同小异的。简而言之，导演创作的特征可以落脚在两点：一是“二度创作”，二是完整戏剧演出的创造者。

导演阐释是“二度创作”。这种认知没有错，但是值得玩味，有值得深入辨明的必要。

首先，“二度创作”是一个相对概念。由于时间和程序上的先后之分，相对于剧本的一度而言，导演是“二度创作”的。如果都从剧本的立场去看待戏剧，那由演员、舞台美术家最终完成的诸如表演、舞台造型等创造，岂不是该被称为“三度创作”或“二度半创作”了？显然不是。戏剧诞生后，逐渐形成了剧本好坏就是戏剧成败的文学特性论。导演出现后，“二度创作”的提出，多少带有剧本本位的历史烙印。如果是面对舞台呈现，导演创作就应该是“一度”的。

其次，“二度创作”在把文学剧本从文字转化为另一种与文学完全不同形式的“演剧艺术”的时候，已经在形态上发生了由“毛毛虫”到“蝴蝶”的蜕变，形成了崭新的艺术语汇。相对于文学剧本使用文字表达的一度创作，面对舞台使用的时空造型系统符号，这时的“二度创作”显然具有了特殊性，是面对空旷舞台进行的崭新的再创作，不是搬家后的重新布置家具，而是独创性的。

导演的“二度创作”与文学翻译的“二度创作”很不相同。翻译是把一种语言转换成另一种语言，文字不同，但是同属于文字符号，形式未变。虽然翻译要求“信、达、雅”，对于翻译者来说也带有“创作”的成分，但始终没有脱离文字对文字转化的形式等同。

---

① 鲍黔明、廖向红、丁如如、姜涛：《导演学基础教程》，北京：文化艺术出版社2007年版，第223～229页。

导演的“二度创作”和常用来与之作比的乐队指挥也有很大不同。指挥受制于乐曲的旋律和节奏的强弱，但是戏剧导演的“二度创作”因为形式的迥异转变而具有更广阔的转圜空间：多元主题的突出、强调，戏剧逻辑的变化，戏剧手段无穷尽的综合可供选择……导演的“二度创作”，顿时具有了一度性的原创特征。

导演的“二度创作”四个字，始终都是打着引号的，不能去除引号，恐怕正是以上原因。

导演是完整戏剧演出的创作者，这是中肯的见地，很有使命感。

所谓“完整戏剧演出的创作者”，要害在于是综合艺术的创作者，制定共同的行动纲领和作战计划——一个具有四维空间（加入了时间）的行动计划。它要求所有参与演出的艺术家在“导演阐释”的共识的前提下运用各自掌握的艺术形式、创作方法和特殊手段进行具有一度性的艺术创造。剧作的文学形式虽然是代言体的，但其形式仍然是以文字符号的手段叙述出来的。尤其在“时间”的表现上，时间已活在舞台上人物的行动之中和景物的变幻之中，是一种直感的、有视觉和听觉的活的时间。舞台，因为演员的表演——人物行动而具有了四维的特征。

古里也夫①在《导演学基础》里借用罗马执政者恺撒②的名言“我来了，我看见了，我征服了”，变为形容导演创作的概括“我读了，我看见了，我排出来了”，这是对导演创作的两个特征的形象描绘。

导演的“二度创作”既严格受制于剧本的一度创作，又具有发展变化的广阔空间，二者的完美结合才能成就杰出的戏剧作品。这二者既有联系，又有突破，以“南辕对北辙”之法而获取统一、完整之功。这一特点有些类似于中国的“对联”。

对联游戏，下联在字数上与上联相同自不必说，还要取上联的含义和意境，力争晓其意、通其神，如能再字字相扣，则为上品。相传 20 世纪 20 年代，北京大学中文系一次招生考试出了道对联题，上联为“孙行者”，考生一时无措。照对联的法则看，上联为人名，下联自然也应该是。有戏

---

① 古里也夫（生卒不详），苏联导演、戏剧家，著有《导演学基础》。

② 恺撒（Gaius Julius Caesar，前 102—前 44），盖乌斯·尤利乌斯·恺撒大帝，罗马共和国时期军事家、政治统帅，实行独裁统治。

谑者对“猪八戒”、“王八蛋”，丝毫不对仗，只博一乐；有工于古文者，对出“祖冲之”，“祖孙”可对，“之乎者也”可对，“行”与“冲”不对，但算是正解；高妙者只有一人，对出“胡适之”，“之乎者也”不再多说，“适”者可“行”，也算对得过，妙处在“胡孙”。何以为妙？“孙行者”乃猴子，“狲”去了偏旁“反犬”为“孙”，“猢狲”对得工整，“猢”去了偏旁为“胡”。“胡适之”这下联自然对得好。

上联既是给出的问号，也是留下的材料线索。下联就是在上联的“严格制约下的自由飞翔”，并赋予“自己的观念”。对应好了，凑成一对珠联璧合的上下联，才是完整的绝妙对联。

戏剧艺术中，剧本的一度创作好比是“上联”，已经出来了，“下联”就是“二度创作”，留给导演去“对”。“下联”不是唯一的——它不是答案，和对联一样，就看意蕴和对仗，是在“文学性”和“舞台性”的严格制约下的自由创作——完全可以比上联更高妙，并赋予自己的观念。当然，主要的区别在于“二度创作”这个“下联”同“一度创作”的“上联”所使用的符号形象系统不同罢了。

小结：导演阐释的工作是相对概念意义上的“二度创作”，这项工作源起于文学剧本，终结在舞台呈现。这一过程，是进行演剧艺术创作的过程。使用舞台综合形象系统的创作手段迥然异于文学剧本的文字符号系统，欣赏者是观众而非读者。经过不同的导演阐释处理后，相同的文学剧本会具有相异的舞台呈现并造就各异的观剧感受，这在于其间经历了不同的文学性的开掘拓展和舞台性的革新创造。这一切，都是由演剧艺术的创造者——导演来完成的。导演阐释既是相对于剧本的“二度创作”，同时又是相对于舞台的“一度创作”。导演的舞台艺术创造是独创性的，是原创。

第二节　导演阐释——面对一度创作——剧本分析

一度创作的作者是剧作家，“二度创作”的作者是导演。导演是舞台艺术的创作者，首先要进行“导演的剧本分析”，这是导演阐释中最基础的部分，是第一步。

文学家或剧作者为了研究需要，要对经典作品进行剧本分析；导演要把剧作搬上舞台，也要进行剧本分析。同为剧本分析，两者有相同之处，但是差异也是明显的。

文学家或剧作者是从文学创作的角度分析剧本，是“平面”的，包括对作者、剧作时代背景、主题思想、人物形象、情节结构以及剧作法、体裁与风格的分析。这同小说的分析几乎是相同的，都属于文学评论的范畴，是文学性的分析。

导演则是从演剧呈现的立场进行剧本分析的，是立体的、行动的。当然，这首先也包含了文学性的分析，如主题含义、人物形象、风格体裁等，但更重要的是关于人物行动的分析：内外部行动、规定情境、事件与高潮、节奏、气氛……在导演阐释中，强调要把每一场戏的主要事件、规定情境、人物冲突行动准确地找出来，挖掘每一个人物的内心活动和行动目的，组织人物与人物的完整行动链条，并确认全剧的关键或主要事件等。这些是文学性分析所不需要的，而对于面临排演的导演创作却是绝对不可回避的。我们可以把这种分析称为行动的分析，是与文学性相对应的舞台性分析，这是导演阐释原创性、“一度性”的重要体现。

剧作者的剧本分析是较为纯粹的文学性分析，而导演的剧本分析则是在文学性之上同时具有舞台特性的剧本分析，这种分析是为舞台演出的立体呈现服务的。与剧作者剧本分析的差异，凸显出导演剧本分析的文学性与舞台性并重的特性。

由此，可以这样理解导演剧本分析的特点：首先，它是行动性的、面对演剧呈现的舞台性分析；其次，即便抛开舞台特性，从文学性的角度看，导演剧本分析的价值在于相同的剧本能被赋予以多元主题的开掘与独特强调，人物形象也并非一成不变，甚至风格也可以发生某种程度的变异或异变。

以上两点，都是导演阐释原创性、“一度性”的体现。当然，所有这些独创都是基于对剧本完整、全面地分析之上的。

在这样的理解下，我们可以更加清晰而简单地看到导演剧本分析的内容、指向及其重要性。

对于莎士比亚名作《哈姆雷特》，如果我们把哈姆雷特的行动主题意义定位为“我要哀悼父亲”，那就是一出家庭悲剧；若是“我要为父讨还血债”，就是复仇剧；如果是“我要了解生存的秘密”，那就成为具有神秘色彩的悲剧；若是“我要拯救人类”，那就是基督重生、以血洗罪的类宗教剧……莎士比亚对后世的戏剧影响是无与伦比的，几乎所有的戏剧人都能从莎士比亚的文学剧本中读解出某种主题或意义，但是经常会体现在以下几个方面：“人的主体性”、“自我意识的觉醒和幻灭以及由此产生的对人及其存在的深刻反思”、“对于存在的非理性的荒诞性的某种直觉”、“怀疑主义和相对主义”、“非英雄倾向”、“强烈的社会和政治抗议”[①]，乃至“追寻生活的意义而捍卫人性的尊严”……本书暂不对这些具体的结论作评判，但是无疑的是，后人确实通过剧本分析从他众多的戏剧作品中读解出了多元的主题内涵——或多或少，或早或晚。这说明，在对莎士比亚文学剧本的研究中，我们已经基因式地把主题、思想、意义这些文学性的丰富内涵融入其中了——也许丰富到莎士比亚自己当时并没有完全意识到。对莎士比亚戏剧主题意义的不断挖掘，就像在复合矿山中寻找蕴藏着的各种矿藏，挖出了金可以制造皇冠，挖出了铁可以炼成兵刃，而只能看见地表土壤的人也可以在上面种出白菜。但是他们都只能在严格、仔细、全面的剧本分析后，通过剧本本身来进行这种文学性的发掘。任何主题或意义都要通过剧本提供的人物行动和支撑这种行动的合理动机来体现，导演的剧本分析重要的一点就是要在情节的“外壳”之下获得行动动机的合理解释，如果人物的行动不可信，主题意义就无从体现。存在的不一定能立即找得到或意识得到，煤在被发现能燃烧之前，只不过是黑色的石块，只有在被认知之后才有百倍于石块的价值；不存在的却决计不可能找出来，在只有铜矿的山上，造不出金手镯。导演的剧本分析，要努力、仔细地去开掘这种可能存在的内涵或外延的主题意义，才能为进一步在舞台上对文学内涵的丰富性和可塑性进行创造做准备。

---

① 田民：《莎士比亚与现代戏剧》，北京：中国社会科学出版社 2006 年版，第451、452 页。

莎士比亚（Shakespeare，1564—1616），英国诗人、戏剧家，著有《哈姆雷特》、《李尔王》、《奥塞罗》等，是英国文学史上最杰出的戏剧家，全世界最卓越的文学家之一。相传他流传下来的作品包括38部戏剧、154首十四行诗、两首长叙事诗和其他诗歌。他的戏剧被翻译成所有主要使用着的语言，并且表演次数远远超过其他任何戏剧家。

《哈姆雷特》插图

在莎士比亚的戏剧中，“生活和诗的一切因素融合成一个生动的统一体，在内容上广阔无限，在艺术形式上宏伟壮丽。在这些戏剧中，是整个现在的人类，他的整个过去和未来；这些戏剧是一切时代和一切民族的艺术发展的茂盛的花朵和丰饶的果实。在这些戏剧中既有优美多姿和轮廓鲜明的艺术形式，也有纯洁天真的灵感，又有再三反省的沉思，客观世界和主观世界相互渗透着，融合成不可分割的统一体”①。本书也不去列举莎士比亚的戏剧提供了哪些可能的舞台形式或者行动动机，但是足以说明剧本分析的价值，在文学性的主题思想或意义之上，也富有某种舞台性的指向。

“任何文学、艺术作品都呈现出外部形式与蕴藏着的思想内涵和可引

① 周靖波主编：《西方论剧选——变革中的剧场艺术》之《戏剧诗》，北京：北京广播学院出版社2003年版，第368页。

申的意义。导演在创作中就需要调动自己全部生活经验与知识，满怀着欣赏的期待去阅读剧本，要张开情感的神经末梢去感触作家设置的情节、事件、人物性格、人物关系以及他们内心里的复杂活动，寻找作家埋藏在戏剧冲突中要表达的含义。只有在深刻理解剧作家、作品的基础上，导演方能获得对文学剧本进行合理解释的通行证。"①

尤奈斯库②认为，戏剧文学文本不仅仅是文学的，也是包含了舞台演出的多种艺术媒介的统一。"……我的文本不仅是对话，它也同样是一种'舞台指示'。这种舞台指示不仅尊重文本，同时也能美化文本，它是必不可少的。"

导演的剧本分析，既要有文学性主题意义多元化的挖掘，也要有以行动为核心的舞台性呈现的创新，这与剧作者的文学研究式的剧本分析是不同的。

对于导演如何处理文学剧本、进行剧本分析，中外导演都提出过自己的具体工作方法和观点。

焦菊隐③在谈到导演应该如何面对剧本时，明确提出了五条原则："1. ……由作家自己动手，（或）得到作家的正式授权，导演进行删改。2. ……导演对剧本的某些局部进行加工，或作轻微的调整。3. 作家如坚持原议，……按原稿演出。4. 早有定评的名著，当代作家的遗作，中外古典剧本，只可删节，一定不能改。5. 外国当代作家的作品，只能删节，不能修改。……不能在任何借口下篡改台词、场次或情节。"④ 很明显，焦菊隐是个极其尊重戏剧文学文本的导演，他认为导演"应是作家的化身"。提出对待剧本如此苛刻的条件，在今天看来似乎有些迂腐。我们并不完全赞同以焦菊隐如此严苛的守则来要求导演面对剧本，但是他的原则可以作

---

① 鲍黔明、廖向红、丁如如、姜涛：《导演学基础教程》，北京：文化艺术出版社 2007 年版，第 44 页。

② 尤奈斯库（Ionesco，1912—1994），法国剧作家，著有《秃头歌女》、《椅子》、《犀牛》等。

③ 焦菊隐（1905—1975），北京人民艺术剧院导演、戏剧理论家，导演作品有《龙须沟》、《茶馆》等。

④ 焦菊隐：《焦菊隐论导演艺术》之《导演·作家·作品》，北京：中国戏剧出版社 2005 年版，第 345 页。

为对胡乱解构甚至肢解剧本行为的某种警示。作为导演大家的焦菊隐，对待文学剧本的态度如此谨慎小心，恐怕是担心导演在删改过程中损伤了剧本原著的筋骨，妨害了其文学性的内涵。削苹果皮是可以的，太多、太过就会把肉也削去了，只剩下苹果核，吃的就恐怕难称为苹果了。我们不必拘泥于焦菊隐的剧本处理原则，但是这种严谨保证剧本文学性内涵不流失的良苦用心应该是导演应该可以体谅并继承的。

斯坦尼斯拉夫斯基[①]说过："富有文学修养的人们（——导演），很快就会找到处理剧本的新的独特的方法，从它的内部特征中找到人物之间或事实、事件之间的相互关系的错综复杂的线索。他们很快就能够看出形式、风格上的优缺点，看出新颖的或过时的东西。这一切知识、本领的经验在指导你们去估计作品时都是非常重要的。要记住这一切，要十分用心、深入而充分的运用在研究语言和文学方面的课程。"[②] 这是对导演剧本分析中文学性和舞台性并重的有力提醒。

两千多年的积淀，无数的戏剧文学经典作品已经呈现在后人的面前。如果说这些经典宝藏只是戏剧艺术的"上联"，虽然它是完整的，却是没有完成的"对联"，作为后人的我们——导演，就是在经过剧本分析之后，用我们的舞台演剧作品来对出"下联"，以成就完整的"对联"——戏剧艺术。

遗憾的是，面对前辈戏剧家们留在我们面前的"孙行者"，经过精心的剧本分析，洞悉上联意蕴，用贴切的舞台演剧形式天才般地达到意合神通的"胡适之"的导演艺术家恐怕极其罕见；绞尽脑汁、搜肠刮肚后勉强对出个"祖冲之"的艺匠也是屈指可数；舞台上绝大部分是自以为是、让人无奈的"猪八戒"。

小结：导演的剧本分析不同于文学研究的纯粹文学性分析，而是文学性和舞台性并重的面对演剧呈现的分析。即使是其中的文学性分析，也要把分析提炼出的诸如主题、人物形象等因素为舞台艺术服务，为未来的舞

---

① 斯坦尼斯拉夫斯基（K. S. Stanislavsky，1863—1938），苏联导演、戏剧理论家，著有《斯坦尼斯拉夫斯基全集》等。

② ［苏］斯坦尼斯拉夫斯基著，郑雪来等译：《斯坦尼斯拉夫斯基论文讲演谈话书信集》，北京：中国电影出版社 1981 年版，第 594 页。

台呈现做准备。当然，这种文学性和舞台性的分析首先来自于剧本、社会生活或历史记录以及导演者自己的生活体验，可以是直接获取的，也可以是间接提炼的。这需要导演丰富而敏锐的感性（人物形象、风格）以及理性（多元主题、行动及动机）分析。就像冶炼前先要弄清楚矿山里矿藏的类型和蕴量，并由此制定出最合适的冶炼方法一样，导演的剧本分析是演剧艺术创造的起点，它既面对剧本，又指向舞台，由此而进入导演阐释的下一个环节——导演构思。

第三节　导演阐释——面对舞台呈现——导演构思

剧本分析之后，导演阐释面临的最重要的工作出现了——导演构思。如果说导演的剧本分析只是指向舞台的话，那么导演构思就是站在舞台上完成的，它面对的主要就是舞台呈现的问题。导演通过“剧本分析”，在掌握剧本文学性及舞台性的情况下（指向下），进一步的“导演构思”工作就是进行文学性的继续创造和舞台创造——这一切都将在舞台上完成、体现。

在“导演构思”的十个要点中①，“最高任务”、“形象种子”、“总体处理原则”可以认为是主要属于文学与美学的范畴，后面的则主要是舞台性的处理。

本书不对这十项内容作逐一的分析，而是尝试以“格体”定位为核心，以格体及其相关要素如何在演剧艺术创作中使文学性与舞台性相融合来解读“导演构思”。

据此，我们先植入一个“格体”的概念。“格体”的提法，源自《导演术基础》一书②，但是本书将它限定于相对于戏剧文学的演剧呈现之上，以与剧本的“风格”相区分。

戏剧的类型划分，从体裁上可以大概地简化为悲剧、喜剧、正剧。风

---

① 《中国大百科全书·戏剧》，北京：中国大百科全书出版社 1992 年版，第 86 页。
② 张骏祥：《导演术基础》，北京：中国戏剧出版社 1983 年版。

格是“由戏剧家的创作个性所表现出来的戏剧作品的艺术特色”[①]，也指以戏剧文学为引领的表现方法在某一时代表现出的艺术特征，通常以剧作家的作品为主要区别标准；流派则是“戏剧风格的群体化现象”[②]，以戏剧史上重大的戏剧思想和戏剧创作方法为标志。

在以上通用概念的基础上，本书运用“格体”一说，出发点在于强调导演阐释后的舞台演剧呈现所表现的艺术特征。格体可以理解为舞台演剧呈现的风格、体裁、体例、格律，是统领全剧演出的总体处理基础，也是观众观剧意象的总和。格体既有风格的主旨，也有体裁的意味，大致相当于“风格流派”，但是含义比主要由文学文本决定的风格宽泛，侧重点也不同，包括了从剧作家到导演、演员、舞台美术家的舞台工作的综合而形成的独特的舞台观赏意象。简单地说，剧作家决定了戏剧文学作品的风格；而对戏剧文学作品不同的演剧表现方法的划分则形成格体，格体的创造者是导演。剧本风格经过导演阐释，以演剧艺术的形式呈现，成为完成的戏剧作品之后，才完整地展现出它的格体。由此，格体的划分就比体裁多出了许多，悲剧有古典的，也可以是浪漫的或者写实的；在同一风格的基础上，格体的定位也是有变化和差异的。本书对格体的这种理解，不是文字游戏，而旨在强调风格从戏剧文学发展到演剧艺术的格体这一过程以及在不同时代或国家产生转变的原因，旨在强调导演阐释在这一过程转变中的能动作用。

以风格为参照，格体主要可分为以下几类：

自然主义戏剧（Naturalism），如斯特林堡[③]的《朱丽小姐》；

现实主义戏剧（Realism），如易卜生[④]的《玩偶之家》；

浪漫主义戏剧（Romanticism），如雨果[⑤]的《欧那尼》；

---

① 《中国大百科全书·戏剧》，北京：中国大百科全书出版社 1992 年版，第 436 页。

② 《中国大百科全书·戏剧》，北京：中国大百科全书出版社 1992 年版，第 437 页。

③ 斯特林堡（August Strindberg，1849—1912），瑞典戏剧家、小说家，著有《朱丽小姐》、《父亲》等。

④ 易卜生（Henrik Ibsen，1828—1906），挪威戏剧家、诗人，著有《培尔·金特》、《野鸭》、《玩偶之家》等。

⑤ 雨果（Vitor Hugo，1802—1885），法国小说家、戏剧家，著有《欧那尼》等。

古典主义戏剧（Classicism），如拉辛[①]的《费德尔》；

存在主义戏剧（Existentialism），如萨特[②]的《死无葬身之地》；

象征主义戏剧（Symbolism），如梅特林克[③]的《青鸟》；

表现主义戏剧（Expressionism），如斯特林堡的《鬼魂奏鸣曲》；

荒诞派戏剧（Absurdism），如贝克特[④]的《等待戈多》；

未来主义戏剧（Futurism），如马里内蒂[⑤]的《他们来了》；

超现实主义戏剧（Surrealism），如阿波利奈尔[⑥]的《蒂雷西亚的乳房》。

自上而下，从自然主义到超现实主义，大致而言，写实的成分越来越少而抽象的成分越来越多，离“逼真”越来越远，表现的方法越发主观：自然主义戏剧是照相式地反映人生，舞台的逼真性最强；走到极端的超现实主义，台上的一切布景、道具、角色，都可以是主角心中所见、所思、所幻想的主观的东西，实际的事物已经面目全非。或者说，从自然主义到超现实主义是由绝对的外形真实到相对的、抽象的、主观的真实，内在的真实越发重要。当然，自然主义也不可能不带主观因素地、生物学般地解剖人生，超现实主义也不可能完全脱离现实到超出人的情理之外的地步。但是显而易见，不同格体距离现实的远近是有明显差异的。我们据此可以认为，格体就是取决于“在舞台上创造的某一‘人生的幻觉’所采取的逼真的程度的变化”[⑦]。中国画有“远山无皴，远水无波，远树无枝，远人无目”的说法，戏剧舞台上人物语言、行动、形象塑造的逼真性程度，与中国画的这个道理是相通的。同样相通的是，绘画技法的差异不仅仅是技巧

---

① 拉辛（Racine，1639—1699），法国戏剧家，著有《费德尔》、《安德洛玛克》等。

② 萨特（Jean - Paul Sartre，1905—1980），法国剧作家、小说家，著有《死无葬身之地》、《禁闭》等。

③ 梅特林克（Maurice Maeterlinck，1862—1949），比利时剧作家，著有《青鸟》等。

④ 贝克特（Samuel Beckett，1906—1989），爱尔兰小说家、戏剧家，著有《等待戈多》等。

⑤ 马里内蒂（Filippo Tommaso Marinette，1876—1944），意大利诗人、剧作家，著有《他们来了》等。

⑥ 阿波利奈尔（Guillaume Apollinare，1880—1918），法国诗人、剧作家，著有《蒂雷西亚的乳房》等。

⑦ 张骏祥：《导演术基础》，北京：中国戏剧出版社 1983 年版，第 254 页。

的差异，演剧格体的差异也不仅仅是逼真与否的技术差异，而是都蕴含了对人的独特感受的人学认知的差异。

以上分类以戏剧文本为参照范例——作为纯粹文学性的分析，是剧本的风格，是相对稳定的；但是作为格体，由于加入了舞台性的考量，绝非是一成不变的。格体的定位是在经过导演阐释之后，以最后的舞台演出来呈现的，是系之风格、高于风格的发展变化。一出现实主义风格的剧作，如果经过不同的导演阐释，挖掘放大其浪漫成分，就完全能在舞台上创造出浪漫主义的格体，当然也可以是介于二者之间的格体。

导演在剧本分析中提炼出人物形象、主题思想等意义之后，就要在面对舞台的导演构思中，确定舞台演剧呈现的格体、情调、气氛、节奏等，这里无法一一论述，但是格体无疑是其中第一位的、决定性的。采用什么格体演出对一出戏最适合、最贴切，决定了演出的表演方式及原则，舞台布景的风格和其他舞台美术因素（灯光、服装、化妆、道具）的处理原则，全剧台词、歌唱、音乐和音响效果等听觉因素的处理原则，舞台调度的处理原则，全剧演出的总体节奏和气氛，乃至删改剧本的原则等。

决定格体的，只能是演剧艺术的创造者——导演。在导演构思的处理工作中，定位舞台演出的格体是整个创作过程的出发点。也就是说，导演构思是否正确和完整，首先就要看他对全剧的格体处理是否正确。那么，导演如何决定一出戏的格体呢？导演决定格体是必然的，但是格体的决定又不是臆造妄想出来的，而是有一定依据的。

影响导演决定戏剧格体的，有三种主要因素：

首先是内在的因素——剧本，或者说，是剧本的风格。

这样说似乎又回到了第一步的剧本分析，没错。剧作家在剧本创作的时候，所谓的人物形象、情节或者某种主题思想，都是通过语言和行动的描写以及舞台提示交代出来的。

语言。现实主义剧作也许可以是街头巷尾所用一般的日常用语；自然主义剧作也许会加入一些不登大雅之堂的俗语、俚语，甚至方言粗口；古典主义剧作大多使用典雅堂皇的韵文；浪漫主义剧作则偏好修饰雕琢、华丽唯美的辞藻；象征主义或表现主义剧作重视潜台词、呓语与停顿；荒诞派和超现实主义剧作则更趋自由大胆，极端者甚至没有台词。

行动。自然主义剧作追求人在生理影响和环境干预下的本能需要，身体和情感都要自然真实，形体不可夸张；现实主义剧作的准则是真实客观地再现生活，要求心理形体准确逼真，看重生活逻辑；古典主义剧作看重理性和等级，表演讲究程式，动作庄重、严肃；浪漫主义剧作则不受生活真实约束，强调激情，对比强烈而夸张；象征主义剧作否定客观现实，情绪、观念都可以外化为有形的形象。

舞台提示。自然主义和现实主义剧作对布景道具的要求真实细致而缜密；古典主义剧作的舞台场面追求对称、浮华和宁静；浪漫主义剧作的舞台自由多变，色彩绚丽；荒诞派剧作和超现实主义剧作的舞台充满怪诞和神秘寓意。

这只是对不同风格的剧本语言、行动和舞台提示的不完全列举，但我们已经由此看到了它们绚烂各异的差别。导演构思在决定演出格体的时候，完全无法不重视剧本的固有风格。舞台演出的格体也许不一定完全按照剧本的风格来指认，但是至少不能与之背道而驰。演出格体形式的突破从来不可能背离剧本提供的风格框架，不是想当然的臆造妄想。

《俄狄浦斯王》中，俄狄浦斯在追寻杀死老国王拉伊俄斯的凶手的过程中，逐渐发现是自己杀死了拉伊俄斯，而拉伊俄斯是自己的生父，自己还娶了母亲为妻的真相，最终自我流放。俄狄浦斯在现实中的行动是追查真相，但是层层发现的是越来越多过去自己曾经的作为，每往前一步，就增加一分恐惧。全剧充满激情和震撼，其间有回忆和倒叙，现实的追寻就是在展示过去（前史）。

《俄狄浦斯王》剧照

《玩偶之家》是现实主义风格的作品。本剧开始于娜拉和海尔茂的家庭生活，在娜拉曾经同柯洛克斯泰有过非法借款一事在剧中被早早地暴露出来后，娜拉面对丈夫时的内心矛盾和行动困境开始展现，由两人的矛盾一直发展到娜拉离家出走的结局。全剧形式完整、矛盾集中，严格恪守在第四堵墙的现实主义室内布景之中。剧中有倒叙，由此能看到过去（前史）对现实产生的巨大影响。

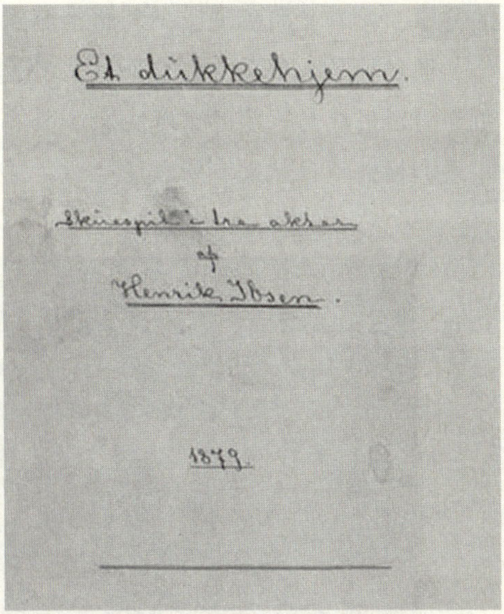

《玩偶之家》手稿封面

《推销员之死》也是现实主义的剧本。主人公威利·洛曼总是在现实与想象中穿梭，有对话、自语、呓语……舞台呈现出的格体显然不同于以往的现实主义传统。这不是因为剧作家和导演要运用或创新某种异于《俄狄浦斯王》或《玩偶之家》的新手法，而是阿瑟·米勒[①]就认为人的现实和人的往事（前史）是一体的，是共时性的关系。在现实生活中，事事都在我们的头脑中同时并存，并没有什么先来后到之说。人的头脑里没有什么往事需要被提出来，他时时刻刻都生活在自己的往事之中，现实不过是使他对往事得以注意、觉察并起一种反应罢了。

同样是在现实中充满了过往（前史）对当下（现实）的影响，但《推销员之死》完全没有使用倒叙手法。戏里没有倒叙的场面，而只有往事和现实灵活地同时发生。这是因为，威利·洛曼在心灵中为他自己的一生绝望地辩解时破除了往事和现实的时空界限。

“我希望创造一种形式，实际上是威利·洛曼的思维过程本身的一种形式”，“我们能看到一个人脑中的内幕，这个剧本曾取名‘他脑中的内幕’，……因为他的头脑里充满了矛盾，……事事都在我们头脑中同时并存，并没有什么先来后到之说，……他时刻都生活在自己的往事之中，现实不过是使他的往事得以注意、觉察并起一种反应罢了”。[②]“这出戏，它的形式像是一种忏悔的形式，因为它就是这样讲出来的，时而谈起昨天发生的事，时而突然衔接二十年前一些相关的往事，时而甚至跳回到更遥远

---

① 阿瑟·米勒（Arthur Miller，1915—2005），美国剧作家，著有《推销员之死》、《全是我的儿子》等。

② 《外国现代剧作家论戏剧》，北京：中国社会科学出版社1982年版，第278页。

的往事，接着又回到现实，甚至推测到将来。”

通过阿瑟·米勒的创作阐述，我们可以发现，《推销员之死》在剧本创作时对过往与现实的态度决定了其不是以往那种现实主义的风格，演剧呈现的格体就自然地有所改变。

《推销员之死》剧照

斯泰恩[1]在《现代戏剧理论与实践》中，就反复强调戏剧文本与舞台演剧实践的紧密关系，注重挖掘剧作家的风格在舞台上的呈现。他指出：“戏剧的阐释力这一永久性的秘密在于它的‘风格’，即作家、演员或观众的‘观察的方式’，我们必须假定，风格就是那种在剧本中和演出中应该完全保持一致的唯一因素，因为它在戏剧这种交流方式中是绝对不可缺少的。”[2] 这种风格的一致，就是本书所言的从剧本风格到演剧格体的连贯性、合理性和整一性。

其次，决定戏剧格体的是戏剧的外在因素——不同年代的文艺思潮和特殊的剧场条件。

文艺思潮是在社会政治、道德、哲学、美学等诸因素共同作用下造就

① 斯泰恩（生卒不详），英国戏剧理论家，著有《现代戏剧理论与实践》。

② ［英］斯泰恩著，刘国彬等译：《现代戏剧理论与实践》，北京：中国戏剧出版社 2002 年版，第 2 页。

的，在文学和戏剧上都表现为对“人学”认知的反映（本章下一节将对此作进一步论述）。简而言之，不同的地域和时代，人学认识的高度、深度和角度是相异的。古希腊戏剧诞生在两三千年前，那时候还是人对自然和神充满了敬畏的时代。到如今，人类已经经历了“上帝造就一切”、“人是万物的主宰”、“人的生存是荒谬的”等各种人学认识的过程。同一个剧本，在不同时代的文艺思潮中，由于人学认知内涵的差异性，因而不可能在舞台上形成相同的格体。同一部《俄狄浦斯王》，在两千年前的古希腊、伊丽莎白时期的英国、当代的中国……演出时的导演处理，因着人类自我认知的不同，不会也不应该出现相同的演出格体。

剧场条件的影响是显而易见的。在露天剧场的条件下，演出的服装、化妆相对会更加艳丽醒目，表演夸张而程式；室内剧场嵌入式的镜框舞台和大幕的使用，为灯光、布景的多样化提供了可能，表演被“第四堵墙”隔离也能被视为一种可以理解的自然演进；小剧场的存在，把舞台与观众的距离拉近了一步，加强了观演交流的可能性……剧场条件属于舞台性的约束，对格体的影响是显性的。

最后，影响格体的是观众。

观众的接受能力和程度，不能被隔离在决定演剧格体的因素之外。观众不是看剧本的读者，他们来到剧场观剧，事先无须通读剧本，不必懂得格体、风格或者理会什么流派，对舞台演剧的意象直觉是最为真实可靠的。观众看懂了就是接受了舞台表现的方式，看不明白则是否定。表现的内容及方式令观众不懂得、不接受的话，一切的努力——剧作家、导演、演员、舞美……都被一票否决了。

演剧艺术不能像小说、绘画甚至戏剧文学那样，即使当世的人们不接受，还有未来的人们。卡夫卡①、凡·高②活着的时候没有人欣赏他们的作品，死了还可以被发掘，得到重新认识。演剧艺术就没有绘画或者戏剧文学那么幸运，只能是“现货”而不能成为“期货”。演出时不能被观众接受，时间过了就不会再有翻身的机会，被一次判了“死刑”。因为时间无

---

① 卡夫卡（Kafka，1883—1924），奥地利小说家，著有《变形记》、《审判》等。

② 凡·高（Van Gogh，1853—1890），荷兰画家，作品有《向日葵》、《星夜》、《麦田群鸦》等。

法倒转，所以只能期待下一次的演剧呈现时能被接受。因此，不同于戏剧文学，演剧艺术必须要找到一种使它的观众可以接受的表现方式。

《海鸥》在彼得堡小剧院的首次演出，遭遇了戏剧史上一次著名的失败，但这绝不是观众的过错和无知，而是导演没有找到合乎契诃夫剧本的最确切的表演方式——演剧格体——而造成的。从这个意义上说，彼得堡小剧院的这次演出没有适应观众的接受能力和程度。

综上所述，导演决定一出演剧的格体，大致就是以上三大依据：剧本风格、时代文艺思潮及剧场条件、当下的观众。戏剧文学作品诞生后，它作为文学文本的生命是完整的，风格是相对固定的。演剧艺术在戏剧文学风格的基础上，在文字符号系统转化为舞台综合形象符号系统的过程中，不可避免地受到了人学认知水平、地域文化差异、剧场条件和舞台技术、观众接受程度等诸多因素的影响。因此，最终呈现的格体具有可变性是当然的。

格体的划分，当然不是机械的、不变的，它完全可能介乎两种格体之间，但是无论怎样，格体必须有一定的依据，就是在这些依据间寻找它的合理性、可能性、依据的轻重、取舍的尺度，这都是导演构思的基本工作。把各个方面分析清楚、考虑周到、合理取舍，最后确定出最适合的格体，就可以以此为核心表现方式，指导演出的方方面面了。牵牛要牵牛鼻子，决定格体就是导演的牵牛鼻子工作。格体定位不能依靠灵感的闪现，那有如守株待兔，太不可靠，而无缘无故从天而降的臆想则只能导致失败。

在戏剧中，就戏剧文学的风格而言，也许是单一且显而易见的，也许是多种风格交织相糅而难以一眼看清楚的。但是，就演剧呈现的格体而言，由于经过了合理的导演阐释，应该是统一的、连贯的、清晰的。这种连贯统一体现在一出戏演出的纵与横两个方面：纵指的是表演方式在全剧中的连贯，横指的是以表演为核心的灯光、布景、音乐音响等综合因素的协调统一。

“严格地说，一出戏只有一种格体的演出对于它是最适合的。……换句话说，一出戏是用什么风格写就的，也就只有和它相匹配的格体的演出最为恰当，写作与演出的表现方法最好是一致。……现实主义的戏最好用现实主义的演出方式，非现实主义的如荒诞派，就不能用古典主义或浪漫主义的方式演出。”[①] 但这也是相对的。据记载，欧洲某剧院的《威尼斯商人》，把夏洛克塑造成了一个品德高尚、饱受委屈和义愤填膺的人物，在他这样一个高大的形象面前，威尼斯众商人都显得十分渺小，变成了一群靠不住的学童；鲍西亚则显得仪态万方，俨然一副皇后的气派。可是另一剧院的《威尼斯商人》中的人物形象则完全是另一个样子，夏洛克成了一个一意复仇、歇斯底里的小丑、吝啬鬼；他在法庭上面对的鲍西亚则是一个流浪街头的妖冶女人，耳上拖着三尺长的羽毛。“虽然同一剧本的两个演出有这么大的差异之处，但都不失为令人击节赞叹的佳作。”[②] 这就是因为不同导演构思，针对同一风格的文学剧本，根据文化环境和观众欣赏的要求，给出了不一样却是同样为人接受的演出格体！

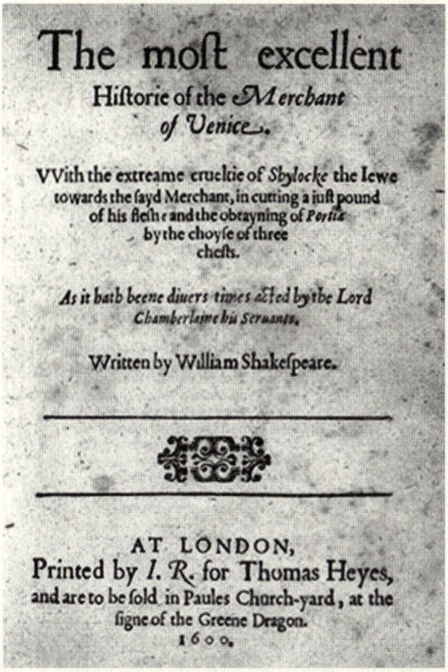
The most excellent
Historie of the Merchant
of Venice.
VVith the extreame crueltie of Shylocke the Iewe
towards the sayd Merchant, in cutting a iust pound
of his flesh: and the obtayning of Portia
by the choyse of three
chests.
As it hath beene diuers times acted by the Lord
Chamberlaine his Seruants.
Written by William Shakespeare.
AT LONDON,
Printed by I. R. for Thomas Heyes,
and are to be sold in Paules Church-yard, at the
signe of the Greene Dragon.
1600.

《威尼斯商人》初版封面

由此，完整的表述应该是：严格地说，一出戏在特定的人学认知的文化环境中，面对特定的观众群体时，只有某种格体的演出对于它是最适合的。这才能解释同一个文学剧本，在不同时代、不同国家，面对不同观众时，都可以获得成功的原因，因为导演阐释找到了最贴切于诸要素的演剧格体。

由决定格体的要素可见，格体的定位以文学性为出发点，包含舞台性的考量。导演构思中，台词、行动的表演方式、灯光、布景、音乐音响等舞台性的处理，重要性不容置疑。但在剧本的台词、行动、舞台提示之外，导演构思中有更多的“语言”和空间是需要创造的，这是一次新的

---

① 张骏祥：《导演术基础》，北京：中国戏剧出版社1983年版，第111页。

② 《外国现代剧作家论戏剧》，北京：中国社会科学出版社1982年版，第122页。

"原创"。这些创造，同主题思想、人物形象、精神状态、内心感受等文学内涵有必然的联系。这种创造需要演员、舞美、音响各个部门共同完成，而它的核心缔造者是导演。

在契诃夫[1]的戏剧中，《海鸥》里更漏的凄凉，《樱桃园》里伐木的丁丁声和来自天空的琴弦崩断声，《伊凡诺夫》里的枭鸟的哀啼，《三姐妹》里的大火，以及每个剧本中人物的微叹、吹口哨、半吞半吐的词句、停顿和沉默……这些舞台处理，目的都不是为了简单地制造舞台气氛，而是为了刻画人物的精神状态和生活方式。只有从人物的内心活动世界，从人物对于生活环境的内在感觉出发来刻画人物，气氛才成为必然的结果，人物生活和时代生活的节奏与情调才能被显现出来，也才能使我们更深入一步地体验到人物生活的精神状态。

"在剧本有声的对话以外，还要仔细体验那些无声的语言。当年莫斯科艺术剧院的演员们，每逢请求契诃夫解释他的台词的时候，他总是回答说'我完全写下来了！'是的，契诃夫已经写下来了——那些台词以外的一次吹口哨，一次哭泣，一句未说完而又吞回去的话，一次沉默无言，一次停顿……都是无声的台词。他又在一次排练场上，向演员们做过这样的解释说，'知识分子，偶然遭受到一两次痛苦，便会觉得这个刺激过于强烈，便会大叫起来；可是广大的群众，无时无刻不受着痛苦的压迫，感觉便麻木了，他们不会狂喊狂叫，或者错乱地跳动；于是，他们在大街上或者住宅中所能看见的，只有沉默的人们，毫无声息地在活着、动着；他们到了过于痛苦的时候，反而只吹一声口哨。"[2] 多数的导演和演员并没有机会听到剧作家的亲自解释，这种剧本之上的"语言"和空间的创造主要在导演，再创造是文学性开掘升华和舞台性创新合理地和谐统一。

斯坦尼斯拉夫斯基在导演《万尼亚舅舅》的时候，蟋蟀的声音特别大，大得竟盖过了人物的对话。契诃夫看过后，故意当着斯坦尼斯拉夫斯基对别人说："我要在写下一个剧本的时候，规定出一个戒条来：戏剧故事发生的地点，必须既没有蚊子，又没有蟋蟀，也没有任何叫得足以妨碍

---

① 契诃夫（Anton Chekhov，1860—1904），俄罗斯小说家、戏剧家，著有《海鸥》、《三姐妹》等。

② 焦菊隐：《焦菊隐文集》（第三卷），北京：文化艺术出版社1988年版，第288、289页。

人类谈话的虫子。”斯坦尼斯拉夫斯基后来意识到，客观世界所存在的东西，的确是存在的，然而，它们如果没有和人的思想、情感、精神状态相结合，便没有意义。契诃夫剧本里的一切生活环境，都是人物内心生活所不可分割的一部分，所以这种生活环境是有生命的。因此，在舞台上，任何未经人物感受的东西都是没有意义的；舞台上的一切——布景、道具、音响效果等，都是不能脱离人物的生活而单独存在的。脱离人的态度和情感的舞台效果，视听上似乎很绚丽热闹，其实不过是孤立而冰冷的技术。

与此相通的例子数不胜数。《雷雨》第三幕中的雷声，绝不是为了满足舞台音响效果的需要，必须恰恰是足以使四凤内心更加矛盾的力量之一，在她心中具有活着的感情意义之时，才有戏剧的价值。缺乏文学性的内涵，为了加点“音响”效果而来几个闪电惊雷，毫无意义。《安娜·桂斯蒂》的大雾、《樱桃园》的斧头声……都不是舞台上的简单堆砌，而是有着文学性的直接指向。

《麦克白斯》中有一阵神秘的敲门声，《秃头歌女》中也有一段没有人来的门铃声。舞台提示是相同的，对人物认知、情感的含义是相异的，导演阐释对它们的处理就不可能是相同的。

舞台上，语言和行动以及一切与之相关的灯光、道具、音乐、音响、舞蹈的背后，要有对人的认知和感受的含义可供解读，这需要智力和艺术感受力。这是对人和文化的理解，不然表演就是无意义的肢体行动。舞台上展示的是由语言行动所塑造的人物形象和所包含的主题思想，由此能看到剧作家、导演甚至演员对人的情感、态度，这远远超过声台形表本身，不然演员就成了舞台上的体操运动员，而其他一切也就容易沦为舞台技术元素的展出甚至堆砌。

在导演阐释的文学性和舞台性结合的处理中，导演会发现，在演出中，文学文本既可以允许导演任意选择舞台行动的表现方式，也可以对之加以严格限制。一个极端的现象是，一部戏中每个姿势和行动都要求与具体的语言相对应；另一个极端是，没有规定人物语言和行动之间的直接关系，甚至连两者之间的必要联系也没有，导演和演员必须自己设计出符合语言内容的各种源于语言的面部表情与身体姿态的表现方法。没有两片树叶是相同的，每个剧本都是独特的——或多或少。老虎、豹子、猫都是猫科动物，我们对它们的态度和方式是不同的。风格和格体的各种划分，就像猫科、犬科的分类一样，在共性之下还有丰富的个性。导演构思要确立演出格体，既有约束，也有空间，抓住共性，寻找个性，就可以从容面对。

导演阐释，尤其是对舞台性的处理，其实大有文章可作。可惜舞台性的处理革新不是本书的论述重点，在此不再多言。但是可以肯定的是，对格体的文学性的挖掘、拓展直至定位，是引导舞台性创新和突破的基础。如果我们不能否认确定格体在导演构思中的重要作用，就无法否定认识文学性内涵的重要性。

小结：决定一出戏的格体是导演构思中基本的也是主要的工作，决定格体的依据是剧本、特定的文化环境和剧场条件以及观众。同剧本分析一样，导演构思包括了文学性和舞台性的分析。当然，艺术的分析不同于自然科学，一杯相同的液体，不同的化学家分析出来的都是同样的元素含量；不同时空里，不同的导演对同一部剧作有不同的感受，也会有不同的导演阐释。我们要承认，导演阐释要达到的无非就是演剧艺术中文学性和舞台性处理的协调与融合。从剧本分析到导演构思，都无法脱离文学性的诸要素分析，这其中始终贯穿了对人的关怀和情感。不难看出，人学关照已经不仅是戏剧文学，同样也是演剧艺术的本质特征。

第四节　导演阐释——文学性内涵——“人学”本质

在本书第一章，我们已经提到：演剧艺术体现为“文学性”和“舞台性”的充分融合、互相促进。上一节，我们也将导演构思的内容从外观上划分为“文学性”和“舞台性”两个范畴，并强调各自的重要性，提出语言、人物形象、主题思想，乃至最高任务、形象种子、格体定位都可以同“文学性”的泛概念发生关系。其实，导演阐释的内容要件在不同的理论体系中都有各自的概念群和逻辑方式，不可能大一统。把戏剧中的各个要素同“文学性”的关系都列举一遍毫无必要，有胡子眉毛一把抓的嫌疑。在开篇我们就以戏剧文学和演剧艺术的诸多分别及差异来谈论文学性，现在我们可以换一种眼光，由戏剧文学和演剧艺术的相同点来看看戏剧的文学性特征。或许可以这么认为：抛开戏剧文学—剧作家的本位，也抛开演剧艺术—导演的本位，看看戏剧的文学性特征。

由此，论述的理论基础和指向是：戏剧是“人学”。

文学是“人学”，这一点没有什么异议。同文学大张旗鼓地呼喊“人学”本质相比，戏剧说起“人学”，似乎一下子变得扭捏起来，这却令人费解。就如同说起电影的特性而必然谈到“戏剧性”令部分电影理论者心生不快一样，都只能理解为门户之见。其实我们从一个更高的角度来看待这些艺术特征的差别时，就会发现这些差异的界限是那么模糊甚至交叉相叠。当第一个在太空中漫步的宇航员从另一种高度观察世界，俯瞰他所生活的星球时，看到的只有一种颜色——蓝色，看到的只有一个家园——地球，看到的只有一个种族——人。戏剧的内涵及其所关注的“人学”就是这样一种人学，同高尔基所言的“文学是人学”中的“人学”是同质的。由“人学”基点出发看待戏剧乃至戏剧的文学性，就应该有这样的俯瞰感。不管剧本是有意识还是“无意识”、“下意识”创作，也不管它怎么演进多变，不管舞台多么缤纷斑斓、千变万化，它始终只有一个本质：人的存在、人的价值。

作为“人学”的戏剧艺术，相对于文学及其他艺术形式，在对“人”的理解、挖掘和开拓上有着自己独特的优势。从文学到戏剧，从剧本分析到导演阐释，我们始终在不断强调文学性的重要性，就因为它们都源于“人学”的本质要求。强调导演阐释中的文学性价值内涵，是因为“人学”本质是戏剧的价值核心这一亘古的真理。

演剧艺术中的导演阐释，指的不仅是在“导演”这一职位正式产生之后所逐渐确立的工作内容，而且是在戏剧的演剧呈现最初形成的那一刻便开始了的。只不过在“导演”出现之前，完成这项工作的是剧作者、演员或者班主。也就是说，导演阐释是贯穿整个戏剧的演剧艺术发展历程的。既然如此，导演阐释就有其内在发展的某种精神内核——如同文学的人学内核一样。的确如此，导演阐释的立足点无疑同样是“人学”。

明确戏剧的人学本质，就可以理解在各种戏剧理论的论述中，由这一本质延伸开来的不同概念。个人生存的价值、人类生存的共同价值、人的精神实质、人的情感体验以及内心世界、人文关怀、人本关怀等，都是人学本质的内涵或外延。

人学中的“人”，是处在社会中的人，是与宗教、政治、经济、道德、伦理不可分离的人，是具有不同思想、感情、个性、气质的人。从精神到肉体，人的存在都不是抽象或孤立的，而是处在哲学、历史学、心理学、社会学等各种“关系”——不是庸俗的社会关系学——意义上的。如果化繁为简，我们可以把戏剧价值核心的人学所关注的种种“关系”提炼为三组最基本的关系：人与世界（自然）的关系、人与文明（社会）的关系、人与自我（内心）的关系。

首先是人与世界的关系。中世纪的人们相信，世界万物——从海洋山脉到沙石露珠——都无不显现出上帝的光辉，人也是造物主的做功。有的神话体系中，不仅大海、森林这样的自然物有主管的神，连智慧、美、爱情这样非实物的情感感受也有神负责。有趣的是，各种神学体系中的神都是以“人”的形象为摹本的。人与世界、自然和神的关系，也脱离不了“人”。即便现代科学否认上帝的存在，人类依然认定自己同世界万物息息相关。飘忽的云，咆哮的海，冰冷的雪，热烈的火……哪一样不与人保持着或近或远、各式各样的关联？这恰巧同样是由现代科学事实所证明的：地球上的一切物理存在，包括生物、非生物，都不过是一百多种元素不同的排列组合而已。树高千尺，落叶归根，都是万物不断的循环演变过程。人同他吃下的苹果、捧着的书一样，都是万物交流的结果。人来自于世界，归化于世界，在世界中存在。人与世界的关系从古至今都是“人学”探究中的一个基本母题，促使人在艺术作品中一次次地描绘、发挥、发展这个母题。

其实，人对世界的认识也是对人自己的认识，因为在认识、感受世界的过程里，人也找到了自己的位置和形象，看到了自己与世界打交道的方式。海浪可以像人一样狂怒，人也可以如同大海般心胸宽广，姑娘可以像花儿一样美丽，小草也如小人物般默默无闻……在对世界如此这般理解的同时，人也发现了自己认识和理解方式的特点，从而发现自己。世界的变化引起人的变化，人的变化也引发世界的变化；世界造就了人，人能否征服造就他的世界……艺术，尤其是以人学为本的文学和戏剧，所具有的功能之一就是帮助人在错综变幻的大千世界中找到自己的位置，使人能够尽可能地同世界保持一种和谐交流的联系。

其次是人与文明的关系。这里的文明，是指由人创造的、与自然相对应的世界，就是通常而言的物质文明和精神文明相融合的社会。文明完全是由人创造的，这种创造是人脱离原始兽性去建立精神世界的过程，是人建立伦理、道德、宗教、法律、意识形态（包括艺术）等诸多要素构成的存在环境的过程。人通过自己构建的文明成为“宇宙的精华，万物的灵长”，进而成为世界的主宰——至少人类曾经这么认为。文明的历史，就是人逐步规范和约束自己的历史。但是人在享受越来越多的文明成果带给自身的便利的同时，也逐渐发现这种理性的约束越来越多地与人还没有泯灭的内在自然天性——感性相冲突。这种“成果同时是镣铐”的发现，使人敏感到在自己创造的文明面前的无能和渺小，甚至感到某种深刻的悔恨。人们常说的“人的异化”，就来源于人面对文明时的这种悔恨。对于文明，人经历了一个从初生的欣喜到创造辉煌的自满，进而惴惴不安，直至发现掉进自己挖掘的陷阱而无法自拔后惊慌和愤懑的过程。

庆幸的是，同样作为人类创造的文明之一的艺术，没有像宗教、法律、政治等其他文明因素那样，对人构成直接的约束。恰巧相反，它疏导、释放人与这种约束之间形成的巨大张力。“人学”的探讨，必须要寻找人的存在与文明的关系，寻找人在文明社会中的存在状态；研究人对文明的态度，确定人在文明中的位置，使人看清文明发展的趋向，进而通过这种趋向看清人的道路，看到人的前景。如果说人与世界的关系相对更偏重于人来自于哪里、为什么而来的话，人与文明的关系则更关注于人的困境和出路。人学的要求迫使我们去认识文明，也认识人自己。

最后是人与自我（内心）的关系。认识自我（内心），意味着人要从自己的身体躯壳抽离而出，摆脱自己的所在，站在另一个视角和高度来客观地审视自己、分析自己、解剖自己，进而改造自我。自己要站在石头上搬动石头，这是一件极不容易的事。人与自我本来是不可分离的，但是人学对人的关注特点，使得这种不可能在一定程度上成为可能。人在认识与自我的关系的时候，总是以人与世界、与文明的关系为参照的，或者说，人对世界的认识、对文明的理解已经包含了对自我的认知，尽管是间接的。

人学认知中的这三组关系，是人类认识自己的一个基本过程。戏剧既反映了人类的这种认知历程，更极大地参与了这种认知的过程。戏剧的发展不是孤立的，它始终同人类认知自我的道路相随而行。戏剧史上，各个时期所留下的经典作品，都分别或共同地对这三组关系有着强烈关注，无一例外。

古希腊戏剧诞生的时期，正是人类社会处于初期阶段的神话时代。人受本能和想象的驱使，用自己的眼睛去理解宇宙、自然、世界、文明和人自身，按照人的内在需要来塑造神的形象，这些神构成了一个各司其职、各尽其能的和谐的家庭秩序，如山神、海神、爱神、战神……每一个神都与人相呼应，和人有着种种关联。这种神操纵着世界的认知，使人的生活在任何一方面都有稳定感和安全感。因为任何事的发生都是神的做功，哪怕骇人的天灾人祸，也由此变得可以理解和容忍，人甚至可以顺应“神示”而部分地把握自身的行为。人同神建立的亲近感使人能够自信地为一切偶然的现象找到合理的解释。既然一切现象都能在神的预言里得到解释，人对世界的恐惧感就相应地减少了，世界的稳定感就加强了。索福克勒斯[①]的《俄狄浦斯王》，从悲剧的角度残酷地证明了这一点。俄狄浦斯的一切行动最终都不能摆脱他命中早已注定的悲剧结局，他的命运在阿波罗的预言中早就被看得清清楚楚。在全剧开篇不久，惨烈的结果就已经明确无误地显现出来，观众也已经明白了，只等待着最终悲剧的降临。这种早早地让结局袒露的布局，与人的命运早就被注定的观念完全相符合——甚至，神也被命运左右着。人能做的只有“发现”，导致情节“突转”，进而继续“发现”，直到最后，就是一国之君的俄狄浦斯王也只能痛苦地叫道：“啊呀！一切都应验了！……”根据伦常道德，杀父娶母是“不应当”的，但是俄狄浦斯王这位悲剧英雄却无法反抗铁一样的、终究要“应验”的阿波罗预言。这时候的人类，对于神、对于世界是恭敬而顺从的。在《俄狄浦斯王》的悲剧故事中，我们看不到人类对神安排给人这样的命运有什么不满和愤恨，俄狄浦斯的最大悲剧似乎不在于杀父娶母本身，而在于他自始至终的反抗行为。其实俄狄浦斯杀父娶母的乱伦生活在原始部落时代本是一种正常的习俗，但是他试图挣脱这一野蛮习俗的控制，按照文明人的伦理规范生活。他的毁灭带着某种悲壮和辉煌，因为他试图褪去血液里残

---

① 索福克勒斯（Sophocles，前 496—前 406），古希腊悲剧家，著有《俄狄浦斯王》、《安提戈涅》等。

留的野性，朝文明艰难地迈进。在《俄狄浦斯王》中，我们既能清楚地看到人对世界、对与神的关系的认知，也能发现人在进入文明时遭受到的巨大打击。

中世纪是基督教的世纪。上帝成为世界、宇宙和一切秩序的制定者。圣经、基督教义成为戏剧乃至一切文明的代名词。中世纪早期的戏剧，同大多数艺术一样，几乎都是宗教宣传品，不是圣经教义的舞台立体呈现，就是说教意味浓厚的神秘剧，对人的本质和价值的发掘开拓丧失殆尽，人学认识的滞后也令戏剧发展的步伐被严重束缚了。直到后期，人文主义运动波及欧洲，戏剧的人物开始人格化、人性化。戏剧开始关注人，并且以自己的努力令人的觉醒持续发展，由此进入了文艺复兴的光辉时代。

戏剧的人学认知历程，在文艺复兴时期发生了重大变革。人类作为世界与文明的主宰的主体意识觉醒了。发现新大陆、提出日心说，人类认识世界的能力加强，开始感到自己的伟大力量。人能创造文明、改造自然，人是万物的君王，可以操纵一切。人类认知的起点和落脚点在对人类力量的巨大肯定之上。这种肯定无疑推动了文明进程，推动了戏剧在人学认识上的巨大跨越。

哈姆雷特明显地体现了这个时代人的精神存在的形貌。他把人看作“宇宙的精华，万物的灵长”，他是现实的思考者，开始高举人的伟大，同时履行人的诺言，承担生存的责任（当然，他也有犹豫不决的时候）。《哈姆雷特》中，人面临这样一个新的局面：他没有古希腊神祇的保佑，也没有上帝的指导和恩泽，因为他觉得人就是宇宙万物的灵长。作为独立的个人，人就将独立地面对他的世界和生命、他的选择和死亡，一切都要靠自己了。哈姆雷特的死，代表着戏剧对“人”的瞩目开始加强了。戏剧对人的兴趣的增长，使戏剧重新受到青睐——如同古希腊对戏剧的喜爱一样。但是不同于古希腊和中世纪的是，戏剧中的人物不再是神，也不是中世纪的宗教人物，文艺复兴的舞台上是福斯塔夫、李尔王、夏洛克、达尔丢夫……这些活灵活现的人物，仿佛就来自于生活。关注人，挖掘人，对人的解放，不能不说是莎士比亚的辉煌成就。西方戏剧从这时起，越来越多地直接以主人公姓名作为剧名，反映出戏剧重视人的特点。关注人，就自然会看到他身边的世界，《哈姆雷特》第三幕，哈姆雷特对演员的忠告是：“因为任何过分的表现都是和演剧的原意相反的，自有戏剧以来，它的目的始终是反映自然，显示善恶的本来面目，给它的时代看一看它自己演变发展的模型。”这里的自然，不仅仅是外在的世界和文明社会，也指向人所具有的各种内在的内心生存状态，包括反常的精神状态，如梦游、幻觉、疯癫，以及超自然的因素如鬼魂、女巫等。

文艺复兴进一步深化了人与世界之间的认识关系。人们逐渐恢复了对现实世界的信任和热爱，这时候的人认为，宇宙是稳定有秩序的，世界和自然是可爱的，人在其中能够创造幸福和快乐。文艺复兴是现代西方文明的开端，这种人学认识态度对戏剧的影响极其巨大——这种影响也一直延续到20世纪。带着热切的企盼关注人，用无尽的热情歌颂人，这时的戏剧舞台上充满了从城市到乡村的各种精巧故事，周密严谨的情节、气宇轩昂的正面人物和他们的思想、情感、性格，娓娓动听的语言以及滑稽可笑的反面人物，还有对爱、友谊、忠诚、希望和梦幻的赞扬。

19世纪中后期，进化论、细胞学说和能量守恒定律相继提出，加速了人对于个体人的肯定，却导致了人类第一次对自我认识的否定，这是人学认知历程的又一次重大变革。《物种起源》发表，物种进化、自然选择、适者生存的理论不仅在科学界和神学界引起轩然大波，也深刻地影响了哲学和艺术。新的人学认识带给戏剧观念的影响更是深刻的。人被“还原”成了灵长类动物的某种属、科之下的普通一员，和猴子、猩猩并列；制约动物的法则也制约着人类，人类不再是精华或主宰。这种人学认知直接催生了自然主义。左拉①提出，“我等待有这么一部戏剧作品，它能够摆脱说教，由伟大的言词、伟大的情感写成，有着真实的高尚道德观，从实事求是的调查研究中吸取可怕的教训。最后，我等待小说中所完成的进化也在戏剧中完成，等待人们回到现代科学和艺术的本质上来，回到对自然的研究上来，回到对人的解剖、对生活的描绘上来，以准确的记录，达到至今尚无人胆敢在舞台上冒险尝试的独特和创造力的境地。”②

人类是由个体组成的，个体的力量是渺小的，个体之间的彻底沟通和理解也是极为困难的。人的情感和行为与理智相比受生理自然属性的影响

---

① 左拉（Emile Zole，1840—1902），法国作家、戏剧理论家，著有《黛莱丝·拉甘》等。

② 周靖波主编：《西方论剧选——变革中的剧场艺术》之《戏剧中的自然主义》，北京：北京广播学院出版社2003年版，第434页。

更大。我们在《朱丽小姐》、《父亲》中看到的是情欲的力量与性别的战争，这些都源自于人的生理特性——戏剧要完成对人的自然属性的剖析。既然戏剧开始看重人的情感和内心的感受，也是人的自然属性，那么人的外在身份就变得不重要了。在之前的戏剧中，从古希腊到文艺复兴，悲剧、正剧的主人公大多是国王、贵族、王子，具有高贵血统的他们是社会的楷模、英雄。但是到了自然主义时期，人们发现，人都是从原始森林里的四足动物演变而来的，哪里有什么高贵的血统？社会下层的普通人一下子成为戏剧的主人公，这一影响同样持续至今。自然主义把人作为受环境摆布的动物加以机械化地描绘，人和动物似乎有相同的性质。

20世纪初，相对论横空出世，宇宙中存在的“黑洞”甚至能够吞噬光，时空变得不确定和非唯一。这对人类自我认知的影响是颠覆性的，加上心理学“潜意识”、“下意识”理论的无限放大，个人的内心生活走向虚无、荒诞和不可知。荒诞派戏剧的“反戏剧”、“反认同”、“反主角”倾向在这样的人学认识基础上，有如水到渠成，毫不令人奇怪。

在文明产生之前，人类的历史是生物进化的历史；在文明出现以后，就成为“人学”的历史，人开始思考人的存在本质和价值，懂得关注世界、社会和内心的自我。一旦进入文明，人便不可能返回原始的自然，人学认知也不会停止。文明会进一步发展，人类社会将进一步复杂化，文明进步的车轮不会停歇，人和自然的继续分离也成为必然。面对越来越具有吞噬性和不可控制性的文明，人类无法负担责任和逃避挑战的弱点会不断地暴露。曾经认为神安排好了一切的稳定感，曾经发现人是万物主宰的欣喜自豪感，发展到人不过是由动物演变而来的惊异感，直到人和万物、宇宙甚至时空都将虚无于黑洞的绝望愤怒感——戏剧把人学认知的变迁给人带来的种种丰富细腻的心理感受都作了详尽记录。

戏剧历史是人类在整个文明进程中认知自身的历史，是人类对人的存在和本质进行判断的历史，是人学认知的历史。有戏剧理论把戏剧历史总结为从神性到理性再到非理性的过程；有的则认为是人的自觉意识到潜意识，进而到集体无意识的侧重点的转变……认知视角是多方位的，只是角度的不同。本书提出的三种关系，归根结底，可以得出一个基本结论：人学探究是戏剧的本质要求，它对人的关注逐渐由外到内。

每一个时代都有那个时代人学认知的普遍性和时代特点，因此每一个时期都会留下具有那一时代人学发展特征的戏剧作品。但是，真正优秀的经典作品不仅仅属于那个时代，而必然是整个人类内心世界、情感感受的记录，具有跨地域、跨时代的“广谱性”，因而引发共鸣。

例如《俄狄浦斯王》，人们对它的主题思想通常定位于“人同命运的抗争”，这自然是不错的，而且几乎成了这个剧目的副标题。可是何谓命运？可以理解为是外在的与人类毫不相干的上天注定；或者，命运在很大程度上是“内在的自然必然性”①，悲剧是俄狄浦斯性格中的骄狂导致的；杀死他人可以原谅，杀父就是不可饶恕的罪行；拉伊俄斯曾经猥亵男童，他的罪行导致自己被杀，他的儿子俄狄浦斯也因此犯罪，而俄狄浦斯的罪行又导致他的子女遭受死罪……我们可以用不同的人学认识观对《俄狄浦斯王》进行解读，赋予其行动不同的动机和意义，得出不同的文学性结论。

对《哈姆雷特》的分析更为广阔：“他的悲剧源于性格的软弱”，“思想的巨人，行动的矮子”，“他是精神濒临崩溃的心理疾病患者”，“人人都是哈姆雷特”……只要能合理解释哈姆雷特的行为和动机，不管何种人学认知都是可以接受的。

《奥赛罗》能演到今天，并不是因为那些有趣的误会、被偷的手帕或其他，甚至也不是剧中动人的诗歌，而是因为它涉及了情感、婚姻和妒忌的天性等人的本质问题。

戏剧史上的任何经典作品都不是一成不变的、静态的、绝对自足的封闭体系，而是一个动态的、与其他作品有密切联系的、跟随时代人学认知发展而发展的开放体系。过去必须因现在而改变，正如现在为过去所引导一样。但是无论如何变化或者多元，它首先必须是先置的、内含于作品之中的，就如复合矿山中的矿藏一样，尽可以去挖掘提炼。

经典的戏剧作品，本身已经具有了较高的文学价值，可是这并不等于说排演经典就一定会成功——其实往往是失败的居多。人们分析原因，常常将之归咎于舞台性的处理不好，这固然是原因之一，但是另一深层次的原因，就是导演阐释中没有在经典作品里固有的已被认识的人学观之上发

① 周靖波主编：《西方论剧选——变革中的剧场艺术》之《戏剧与戏剧艺术的本质》北京：北京广播学院出版社 2003 年版，第 379 页。

现、深化、挖掘出新的对人的认知和感受。在面对经典作品时，这反倒成了常犯的一个毛病：想当然地以为，在经典之上不需要也不可能再寻找出新的人学认知成果了。其实，经典的“经典性”就在于它的文学价值高。这种价值之所以高，不仅在于它当时提出了新的人学认知，更在于它给后人提供了发现新的人学认知的可能性——也许原作者当时还无法察觉。这种可能性越丰富，剧作的价值自然就越高。

由此可见，戏剧的人学本质，是戏剧赖以生存和流传的核心要素，这是戏剧的文学性基因。戏剧摆脱不了事物与人生的关系，离开人生，离开人与外在或者内在世界的关系的思考，戏剧就找不到价值。戏剧的任务就在于保存、发现和推广人生中最有价值的经验，不是追求功名利禄的成功学经验，而是人类生来就具有的无数自然冲动。这些自然冲动如食欲、性欲、名欲、利欲、哀怜、恐惧、欢欣之类，往往相互冲突，戏剧要发掘这些冲突，更要在这些冲突中找到平衡与和谐。戏剧同其他艺术一样，是要引发观赏者共鸣的。艺术是全人类的，只有人类天性共有的情感才能引发共鸣。

戏剧开始于戏剧文学，完成于演剧艺术。导演阐释的过程中，对文学性的定位、挖掘，丝毫不会限制导演在主题、立意以及舞台性诸方面的发挥与创新；相反，这种挖掘会在舞台上成就一种崭新的创造。舞台性技术手段的花样翻新本身没有任何艺术含量，脱离文学性定位的舞台性创造犹如无源之水，不会有生命力和感染力。这不是说舞台性的创造不重要，而是它的创新来源于文学性挖掘的深度和再创造的力度。导演阐释的多元化本质上是文学性继续创造的多元化，而不是技术的更新换代。“五色令人目盲，五音令人耳聋”[①]，导演阐释如果抛离了对人的价值的思考，盲目地沉醉于灯、光、色、影、声、形，到头来观众什么都看不见、什么都听不到、什么都记不住。

导演的“二度创作”工作，不仅在于艺术语言的格式转化，更应该包含导演自己对人的独特理解和创造的精神内质。这种独特，才是区分不同艺术创作者的本质标准。只有一个《俄狄浦斯王》、一个《哈姆雷特》，但它们何以能在不同年代、不同国家、不同的文化背景下成就不同的导演大

---

① 《道德经》。

师？因为导演者必须是一个具有自己独特人学观点和人文关照的艺术创造者，他能在前人的戏剧作品中找到与（激发）自己的精神世界（相吻合）的交集点，这种交集点，就是精神内核的立足点：人的本质，人学的考察。没有这种立足点就不可能获得导演阐释的成功——人学思索是艺术成功的基石。

当代戏剧的问题，很重要的方面就是缺乏对人与世界、文明、自我关系的态度和观点，在文学性上的思考上过于苍白，这是戏剧的“缺钙”表现。同舞台性“贫血”的显性相较，缺钙是隐性的，更加需要警醒，需要长期调补。

写过诗的不一定是诗人，画过画的不一定是画家，那导过戏的就一定是导演吗？导演是实现戏剧演出任务的艺术创作者。①“实现戏剧演出任务的”是定语，落脚点还是“艺术创作者”。而现实情况是，人们只看到了“实现戏剧演出任务”这句定语，以为把戏倒腾上舞台的就是导演——哪怕是把一堆戏剧元素一股脑儿地堆砌在舞台上的所谓大制作，自我感觉好像实现了艺术表现力的突破，其实是把“导演”变成了简单的工种划分，沦落成为“实现戏剧演出任务的”无关艺术的“（某个）人”，把“艺术”这个最重要的定语抛弃了。导演阐释既没有对人的丰富感性认知，又没有对人与世界、文明、自我的关系的理性思考，导演何以存在？

小结：戏剧的历史忠实地体现了人学发展的历史，戏剧文学性内涵的变化演进同时也极大地参与了这种对人的认识的推进。在一切艺术形式中，戏剧的人学力量最为强大，人学成果也最为丰富。

① 《中国大百科全书·戏剧》，北京：中国大百科全书出版社，第85页。

第五节 文学性（内容性）和舞台性（形式性）的矛盾—发展—统一

内容与形式，这是艺术理论常要谈到的问题。

内容决定形式，“最佳定义：内容提出任务，形式乃是完成任务的手段”①。

从形而上看，形式本身就是内容。“素材全是死东西；艺术生命全部来自形式”，“形式乃是最高的内容”，“形式乃是必然的表现方式”。②

……

对于内容与形式，人们从来都有着各种相左的认知，发生过或大或小的论争。但是真正的艺术分析，走到最后就会发现，内容和形式在逻辑上是一个相对而非绝对的概念；在艺术表现上，则是浑然不可分。内容与形式是文艺理论体系的一种创造，便于理论分析，而在创作者那里却也许毫无知觉。

当然，艺术应该是有形式和内容之分的。但是不同的艺术之所以能独立存在，“主要的并不在于它的表现手段是否有特性，或独特的形式，而是在这种特性的表现手段中有一种要单独表现一定的、对于事物看法的企图；这独特的形式是单独的表现了一定的内容，而这内容对于欣赏者具有一定的观念形式的组织作用”③。

绘画的独立性不能抽象成色彩、构图和线条，而必须是由这些特定的

---

① 《外国现代剧作家论剧作》，北京：中国社会科学出版社 1982 年版，第 306 页。

② 《外国现代剧作家论剧作》，北京：中国社会科学出版社 1982 年版，第 306、309 页。

③ 张庚：《戏剧艺术引论》，北京：文化艺术出版社 1981 年版，第 24 页。

手法形式来表现一定的内容，野兽派[①]、达达主义[②]……都在表达它们对世界的认知。没有内容的形式不能构成一种艺术的特征，也根本不能构成艺术。

贝克特曾经明确地提出："形式、结构及艺术表述的情调，是不能与其含意、构思中的内容相分离的；这只是因为艺术作品总的来说在于其含意，其中所说的东西与说出它的方式是不可分隔的、紧密相连的，而且还不能以别的任何一种方式说出来。"[③]

在艺术分析中，尤其是在同文学相关联的分析中，经常会使用二元论的认识方式，将其分为内容与形式两大范畴，从这两个割裂的范畴去理解文学以及戏剧的演变发展。在戏剧上，往往把戏剧文学所提供的文学内容作为戏剧的第一要素，作为决定舞台呈现这一"形式"的基础。焦菊隐甚至也说过："自古以来，舞台演出的方法和形式，基本上是随着剧本内容和写作的形式而变革的。"[④]

在引论中考察了戏剧的组成、特征，并在上一节再次强调戏剧的人学本质之后，我们发现，这种二元论的方法是不甚完善的、有缺陷的。具体来说，艺术门类的不同，就是以它们各自独特的"形式"来划分区别的。作为艺术门类，文学是一种形式，绘画是一种形式，戏剧是一种形式，都是人类精神文明的产物，同样是艺术成果，本来就是"兄弟姐妹"的关系。戏剧文学作为文学的一种体裁和演剧艺术起点的双重特性，其形式演进变化同时反映着文学的变化历程和演剧形式的演变过程。作为人类精神体验的外化反映的艺术，相对于"精神体验"都是形式的。文学就是一种形式，何以成为演剧艺术这一形式的"内容"呢？一种形式能够成为另一种形式的"内容"，反过来似乎也可以，这样就会立即陷入"鸡生蛋，蛋

---

① 野兽派：1898 年至 1908 年在法国盛行的一个现代绘画潮流，热衷于运用鲜艳、浓重的色彩，往往直接从颜料管中挤出颜料绘画，以直率、粗放的笔法，创造强烈的画面效果，强调情感表达。

② 达达主义：1916 年至 1923 年出现于法国、德国和瑞士的一种艺术流派，被认为是一种无政府主义的艺术运动，对一切事物采取虚无主义的态度。

③ [美] 马丁·艾斯林著，刘国彬译：《荒诞派戏剧》，北京：中国戏剧出版社 1992 年版，第 27 页。

④ 焦菊隐：《焦菊隐论导演艺术》（上），北京：中国戏剧出版社 2005 年版，第 351 页。

生鸡”的逻辑怪圈之中。

戏剧的特性就是如此。它不能被抽象成文学，也不能被抽象成舞台形式，而是二者的有机融合。戏剧中文学性的主要任务，第一是主题思想或曰对人的认知的明确表达，第二是台词及行动中人物形象的创造；舞台性的主要任务是以表演为核心的美术、音乐等综合元素的合理运用。这二者融合的艺术创造的主导者是导演。

我们并非要否认二元论。二元论有合理之处，但也有其片面性。落实到戏剧上，戏剧的嬗变并不完全是以戏剧文学提供的所谓“内容”的变化为动力，并不是文学内容的变化引起演剧形式的变化，这样的认知无法完全解释同一个戏剧文学文本在跨时代、跨国家的舞台上何以呈现出绚烂多彩的格体形式。戏剧（戏剧文学和演剧艺术）的变化是人的变化，是人学认知深度和广度的变化，变化中的戏剧（戏剧文学和演剧艺术，并没有清晰的内容和形式之分）是“人学”发展的共同反映。戏剧文学是完整的文学作品，却是没有完成的戏剧“半成品”。通过演剧艺术的呈现之后，戏剧才是完整的、完成的。从更高的角度看戏剧艺术和人的关系，戏剧文学和演剧艺术两者形式的不断演变，当然也受舞台技术发展的影响，但是本质上都决定于人学认知这一内容的不断发展与突破。

我们由此反对把戏剧文学文本孤立地认定为“内容”，而将演剧呈现认定为“形式”。但是作为相对概念，由于戏剧伴随人学发展的自我革新是以文学形态的戏剧文本为发轫而最终以演剧形式完成于舞台之上，因此可以这么理解：

第一，“人学”认知对于人与世界、人与文明、人与自我三者关系的变化发展决定了戏剧形式必然随之发展变化。

第二，戏剧形式指的是文学形态和演剧形态。

第三，戏剧形式的这种发展，文本先于舞台，文学性引领舞台性，并互为促进。

在这个意义上，戏剧的文学性是戏剧的第一性，包含了“内容性”的指向；而舞台性则是戏剧的第二性，具有“形式性”表述的意味。

戏剧的人学认知发展是戏剧文学性内涵的主要动力。人学认知水平同样也影响着以表演为核心的舞台性要素的形成和发展。当然，舞台性的发展受到影响的因素更多也更复杂，既有文学性认知局限，也包括舞台技术发展的局限，如剧场结构、大小，舞台照明，舞台装置，等等。

参照上一节戏剧史上人学认知发展的历程，我们也可以简约地看一看，在文学性认知发展的同时，舞台性要素演进的过程及二者的基本关系。

古希腊、古罗马的演出，主要在露天的剧场或运动场举行，观众人数众多。在这种情况下，演员要提高嗓音大声地诵读台词，清清楚楚地讲出每个词才能让最远的观众也听得见，哪怕这种吐词不自然；面部表情也要丰富夸张——或者戴上鲜明的假面；脚要穿着高底靴以便使个子显得高大些；动作和手势要有表现力，难免会夸张和形式化，歌舞的成分较多以利于欣赏。这种高声诵读的台词方式和庄严夸张的形体方式，具有庄重的仪式感和祭祀感，非常符合神和命运高高在上的人学认知状况。在戏剧的初期阶段，这样的人学认知加上舞台性的制约，容易使表演技术走上偏重歌舞的程式化道路或具有程式化倾向，古希腊、古罗马戏剧就是如此，中国传统戏曲也是明显的例证。不同的是，中国戏曲后来极度地发展了以歌舞为重的表演技艺，重视舞台性，使程式化成为其主要艺术特征——本书第一章对此有过浅议，因为这不是本书的论述，所以不再多谈；而西方戏剧，随着人学认识的发展，文学性比重日渐增加，发展成以台词对话和外部形体动作为基本手段的戏剧形式。歌舞成分的发展最后形成了歌剧和舞剧。

中世纪，基督耶稣成为戏剧最大的主人公。这一文学性特征，加上演出场地的改变，导致戏剧的舞台性发生了新的变化。演出场地由古希腊、古罗马圆形或半圆形的剧场变成了教堂或教堂门口的台阶或者街头集市，表演距离观众近了许多；教堂上演的宗教剧、神秘剧在演出宗教仪式方面必然要求扮演者特别庄严，言语要有威严的节奏性，动作要合乎教堂的仪典，这表现在说话方式要像唱赞美诗那样拖长声调，在舞台上活动要从容不迫。而在集市上的演出，由于观众的流动性大、嘈杂和喧哗以及观众长时间一直站立、容易疲劳等特点，又迫使演员通过更用力的喊叫、更夸张的形体动作来吸引观众，表演方式是夸张而虚假的。

这时候，古希腊戏剧的开场白、合唱和收场白被逐渐排除出舞台，对白开始第一次在戏剧史上成为戏剧构成的主要组成部分。

在文艺复兴阶段的莎士比亚时期，大量的考证证明，舞台根本就不关心布景：只要舞台中央立一块木牌，写明情节发生的地点即可，此外就由观众爱怎么想就怎么想。这时候，舞台上令人瞩目的是文学性丰富饱满的具有独特性格和经历的各种人物形象。由于把人纯然当作智慧的化身和万物的领袖，对自然并不加以考虑，布景一直是马马虎虎的。看重人的个性、情感，是这一时期艺术的共同追求。不仅是戏剧，以达·芬奇为代表的绘画也是如此。虽然是画基督和圣母，但他们已经站在了质感逼真的岩石和具有精确透视关系的植物之间，更带着各种丰富细腻的人类表情。

此时，由于建筑业的发展，出现了带拱形镜框舞台的新式剧院，彩画布景也开始出现。戏剧从露天走进了密闭的剧院——宫廷或民间，假面具被取下了，高底靴没有了，但是台词的高音量和表演的夸张却惯性地进入了剧院，而且由于在剧院这种封闭的场地，声音洪亮的台词显得更加庄严，表情、手势和形体在近距离看来也栩栩如生、丰富多彩。这样进展不大的表演竟然极大地震撼了这一时期的观众。

古典主义时期，17、18 世纪宫廷的礼仪和装模作样不可避免地反映在戏剧舞台之上。戏剧表演中加进了娇声媚气、多情善感、矫揉造作，以及似乎是趣味高雅标志的华丽衣装。台下坐着的是扑着香粉、带着假发的酒足饭饱者，台上则多是“穿着时髦舞会服装的田园诗中那些青少年牧男牧女，或是……那些穿着天鹅绒和绸缎的理想化的农夫和农家女，他们身上还得有些装腔作势的贵族风度”①。

……

戏剧文学创作的风格和在舞台上演出它的那种戏剧表演流派或格体是分不开的，这是一个明确无误的原则。任何一种戏剧流派的命名，当然无法抛开表演方式的独特性，但是必须冷静地看到，长期以来，戏剧风格流派的划分是由文学作品决定的，人学认知发展对戏剧的影响，往往以戏剧文学为发端，最终完成于演剧呈现。西方传统戏剧在发展的过程中，戏剧实践是在文学性和舞台性的矛盾、发展中相统一的，戏剧观是逐渐演进

---

① ［苏］斯坦尼斯拉夫斯基著，郑雪来等译：《斯坦尼斯拉夫斯基论文讲演谈话书信集》，北京：中国电影出版社 1981 年版，第 451 页。

的：亚里士多德、高乃依[1]、拉辛、莱辛、狄德罗[2]……在部分否定传统的同时，提出了同他们的时代相适应并指导戏剧发展的理论。这种变化反映了人类对人的认知在逐步从命运到社会、从神到人、从他人到自我的过程。但是在同一时期，人学的主流观念和戏剧方法相对是单一的，变化的频率相对较慢。随着自然科学和人文观念的突飞猛进，这种演进开始加速。在欧洲渐渐踏入资本主义的道路时，传统戏剧也逐步加快了变化的脚步，人学认知的日新月异和多元化，导致戏剧流派的缤纷多样。多样化的矛盾和解决这些矛盾的尝试，是传统戏剧进入现代戏剧过程中的重要特征。

戏剧史是以人学认知本质为内核的、文学形式和演剧形式对过往的传统进行反叛与反动的历史。在每一个时期，各种新的形式都力图向旧的形式发出挑战，而旧的形式则为新形式提供了基础。

彼得·斯丛狄[3]认为："进入现代以后，戏剧出现了危机，这一危机源自现代戏剧的形式和内容之间的矛盾，一方面是以当下的人际互动关系为中心的传统戏剧形式；另一方面沉溺于过去和梦幻、退居到内心、陷于沉默和被动中的人物构成戏剧的中心内容……"对内容与形式的关系，本书已经表明了态度，即人学认知是内容，决定了文学形式和演剧形式的变化。

在进入现代戏剧时，欧洲传统被认为遇上了"危机"。"危机"何以形成？如何解决？通过三位戏剧家的历程，我们能较全面地说明这一问题，他们是易卜生（1828—1906）、斯特林堡（1849—1912）和契诃夫（1860—1904）。

易卜生曾经是导演，导过上百部戏剧，当然，是以斯克利布[4]式的佳构剧为主。同时，作为剧作家和导演，他深谙戏剧从文本到舞台的过程。他对戏剧的贡献既体现在文学性上，也体现在舞台性的转变上。在他的戏

---

① 高乃依（Pierre Corneille，1606—1684），法国剧作家，著有《熙德》等。

② 狄德罗（Denis Diderot，1713—1784），法国思想家、戏剧理论家，著有《演员是非谈》等。

③ 彼得·斯丛狄（Peter Szondi，1929—1971），德国戏剧理论家，著有《现代戏剧理论（1880—1950）》。

④ 斯克利布（Scribe，1791—1861），法国通俗喜剧家，著有《妇人之战》等。

剧中，文学性和舞台性都逐步经历了从浪漫主义到现实主义再到自然主义及象征主义的过程。

易卜生戏剧的发展，文学性表现在人与世界、文明、个人三者间关系的交融和重心转变的过程，形式上则经历了由传统到现代的转变。

易卜生（Henrik Ibsen，1828—1906），挪威戏剧家、诗人，著有《培尔·金特》、《野鸭》等。他的剧作对现代戏剧发展具有深刻而广泛的影响，被认为是现代现实主义戏剧的创始人，故而被称誉为“现代戏剧之父”。

19世纪初，戏剧舞台上占统治地位的是法国通俗喜剧作家斯克利布开创的以情节取胜的“佳构剧”。这种戏剧形式剧情复杂，布局刻意，通过人物之间的误解、人物身份的错乱、隐藏的身份或者丢失的文件等偶然与巧合事件制造悬念，逐步推进，直到高潮，所有问题迎刃而解，最后是大团圆结局，注重结局的可信度和合乎逻辑。可想而知，这种夸大情节而轻视人物、文学性孱弱的戏剧到今日几乎已经不为人所知。

易卜生开始从事戏剧创作的时候，正是佳构剧最流行的时期。易卜生早期的所谓“中古历史剧”和浪漫主义戏剧，如《凯蒂琳》、《武士冢》、《英格夫人》、《爱的戏剧》，放到现在，如果不说是易卜生的作品，恐怕不会有人去看；光看作品，恐怕不会有人知道是易卜生的。这些剧作传达出的无非是诸如“要忠于爱情”、“家庭需要信任”之类的道德说教，大致就是歌颂生活、宣扬美德，没有特点，虽然情节入胜、故事传奇，但是仍属于“佳构剧”。如果仅靠这些作品，易卜生恐怕还不如斯克利布或者萨尔都[①]。

① 维多利安·萨尔都（Victorien Sardou，1831—1908），法国剧作家，师承斯克利布的“佳构剧”传统；作品情节巧妙、对话生动、技术娴熟、上座率高，但文学价值不高，缺乏持久的艺术生命力。

影响易卜生（和斯特林堡）戏剧创作的，肯定有时代的因素。19 世纪中后期，进化论、细胞学说、能量守恒定律、《物种起源》发表、物种进化、自然选择、适者生存……人类理性得到极大发展，科学成果接踵而至，这些都深刻地影响了哲学和艺术，导致了人类第一次对自我认识的否定——将之称为“危机”毫不过分，这种“危机”带来的新的人学认识给戏剧造成的冲击是巨大的。

《布朗德》和《培尔·金特》出版上演的时候，易卜生已经完全抛弃了早期那种浪漫色彩的佳构剧，开始关注个人的内心痛苦和对世界的某种怀疑，“我近十年来所写的东西，我在精神上都经历过”①。

到《玩偶之家》、《群鬼》、《人民公敌》的时候，这种转变更明显了，对社会已有道德、制度、法律的怀疑已经明确地显现出来了，人们越来越相信虚伪的社会就是个人的死敌，但是个人如何面对这个社会，答案并非是唯一或不变的，易卜生也在思索，各种思想的较量都在他的戏剧中得到了体现。

易卜生这些著名的现实主义戏剧一次又一次地以异常丰富的细节再现了虚伪的人际关系、虚伪的社会和虚伪的人生处境。谎言无处不在，不仅仅是局部的，而且是一种普遍状况。个人处在谎言当中，必须同谎言作战，不能妥协。布朗德说：“你有一样东西不可花费，那就是内心最深处的自我，你无法将它捆绑或扭曲，也不能阻拦你的使命之航道”，“充分实现自我，乃人之正当权益，此外我别无所求”。拒绝妥协的主题清晰可见。结局不一定成功，但是个人的反抗是积极的。对于这种虚伪社会的态度，易卜生的观点是：人一定要反抗，这种反抗不应该是消极地躲避，而是要投身于社会，布朗德、娜拉、斯托克曼皆然。人不能脱离现实世界及人际关系，孤独的个人逃离或躲避“反抗”是不可以的，也就是说，人是属于这个世界的，要反抗这个世界中不合理的、虚伪的部分。易卜生的这些作品，呼唤的是有自主、强力意志的人，努力地反抗社会的阴暗面和文明中的不合理处，同时展现这些“英雄们”在反抗过程中内心的痛苦和悲壮。

单就凭这些关注人与文明、社会和人的情感感受的现实主义作品，易

---

① 《外国现代剧作家论剧作》之《诗人的任务》，北京：中国社会科学出版社 1982 年版，第 3 页。

卜生就已经能在戏剧史上留下成功的一笔了，但是对人的不断关注和认知的进一步深化，使易卜生的后期留下了也许是更绚丽、更令人叹服的作品，也许当时的他还不曾认识到这一点。

易卜生的戏剧大多发生在室内，但是已经不同于风花雪月、矫揉造作的客厅剧。《群鬼》初次上演时，给了观众一种从未有过的奇特不解的幻觉，“所有人物都小于真人，而舞台，皇家戏院的小舞台，却比平时来得大。声音啜泣的小木偶移动于那个大深渊之中。他们为什么不说得大声一些，动作更自在一些？什么东西这样久远的压抑着他们的灵性？自然他们都在监狱中，然而并没有监狱”①。我们无法看到演出实况，但是通过当时的记录可以发现，舞台演出给观众以这样的感受，是准确地传达了这出戏的主题思想的，舞台性的处理是比较贴切的。萧伯纳认为易卜生的戏剧吸引人的“不是什么称为情节的瞎胡闹，吸引人的剧本的深度，是靠剧作家和演员的艺术塑造的舞台人物栩栩如生的性格和行为”②。

到了《野鸭》、《罗斯莫庄》、《海达·高布乐》，他对具体社会问题的揭露和批判减少了，已经不再纠缠于某种具体的观念或者态度，而对于抽象人生问题的探讨增加了；外在的矛盾冲突减少了，那种愤然的离家出走，那种高喊“最孤独的人是最有力量的人”的虚弱已经没有了，内心的活动增加了，剧作进入了象征主义的时期，已经大大地偏重于人物内心和精神世界的剖析。罗斯莫说“我们永远无法逃脱它们，我说的是这个屋子里的人”，“因为我们上面没有法官，所以我们必须公正地评判自己”。在这里，被毁灭的主人公已经不是因为对文明的反抗、对信念和理想的追求而牺牲的了，对自我经历的反省、自我内心给自己带来的是更大的自我折磨成了个体毁灭的根源。这种转变是巨大的。人已经从反抗社会文明并渴望个体解放的英雄转变成反抗自我却注定无法摆脱自我的悲剧主角了。个人内心的事实迅速取代外在的制度、伦理之类的文明，成为唯一的普遍事实。可以说，就是从易卜生开始，戏剧的文学性关照由外入内，逐步进入一个自我的、封闭的、充满内疚的并且与人隔绝的世界。人是自己的原

① 周靖波主编：《西方论剧选——变革中的剧场艺术》之《语言、性格与结构》，北京：北京广播学院出版社 2003 年版，第 510 页。

② 周靖波主编：《西方论剧选——变革中的剧场艺术》之《易卜生剧作中新的戏剧手法》，北京：北京广播学院出版社 2003 年版，第 459 页。

罪，人是自己的受害者。

如果说20世纪人的自我认知有走向自我封闭、充满怀疑、无法摆脱并与人隔绝的倾向的话，易卜生一定是源头之一。

梅特林克提出："可以发现，心理活动——和那种仅仅是表现一种事实的活动相比，它的高尚是无限的，而且我们真的可以这样想，它几乎是不可缺少的——甚至是心理活动也在一种真正奇异的方式下受到了抑制，至少是大幅地减少了，结果兴趣单一的完全集中于个人，他和宇宙面面相觑的对视者"[①]，"我们的灵魂经常显得是一切力量中最疯狂的力量；人有许多领域比他的理性和聪明更加丰富、更加深刻、更加有趣……"

象征主义否认现实生活，强调内心和主观感受，这与现实主义简直是背道而驰。这种文学性内涵的相异，让《野鸭》、《罗斯莫庄》等象征主义作品的舞台性处理，与《玩偶之家》、《人民公敌》等现实主义作品的处理必然是格体迥异的。尽管在易卜生的剧本里，舞台布景提示都同样烦琐细致。

易卜生在创作的时候，肯定不懂得什么象征或表现之类的主义之说。他能脚踏现实主义和象征主义两大相异的戏剧流派，完全出自戏剧家对人的本质的追求和拷问，是戏剧对于人学要求的自然反应。

随着时间的推移，易卜生象征主义倾向的作品将越来越显现出不凡的成就，甚至超过现实主义作品。

斯特林堡的戏剧生涯同易卜生是并行的，其早期剧作也是浪漫主义的历史剧。但是很快，因为部分地反对易卜生的女权观点（现在看来，这种当时评论界和观众的观点也许并不存在），斯特林堡创作了两部作品：《朱丽小姐》和《父亲》。《朱丽小姐》不是一出痴心女子负心汉的爱情悲剧，朱丽绝不是琼瑶[②]式的苦情女主人公。尽管是让最终把朱丽送上了自尽之路，但悲剧的根源，不是让的狡猾或恶毒，而是朱丽小姐自己。朱丽有人的情欲和对男人的渴望，在这种本性的欲求得到满足之后，作为贵族小姐的她又想恢复自己的贵族本质，从而产生了极大的罪恶感，这种无法解脱

---

① 周靖波主编：《西方论剧选——变革中的剧场艺术》之《日常生活中的悲剧》，北京：北京广播学院出版社2003年版，第483页。

② 琼瑶（1938— ），中国台湾籍作家，以言情通俗小说见长，多为佳构剧。

的罪恶感令“堕落”的她走上了绝路。

《朱丽小姐》更大的价值，在于情欲和罪恶感的对立，在于人的自然天性和后天教化（由她的父辈所强加给她的非人本性）的矛盾。这体现的是人学认知中人与文明的基本矛盾，这种矛盾从人类进入文明世界以来就一直存在。人的自然属性与他自己选择的文明属性的矛盾，是人的本质与他的文明存在之间的二律背反。新旧文明演替的时代，这种矛盾便尤显尖锐和残酷。朱丽所继承的父辈文明对人的本性形成了严厉的压制，当她试图恢复她作为一个女人（而不是半男半女）的本性时，她被毁灭了。朱丽的死是在替父母、替她的贵族文明还债，在这一点上，朱丽与俄狄浦斯很相似。朱丽的情欲造成了悲惨的结果，但是这种情欲并不是她的罪恶，造就这一后果的父辈的文明才是罪恶。人是自由的，但是“自由的”自我身份受到必然的生理和文明的遗传及限制。那种人是自由的，但是人又不得不受到的这种联系是不自愿的，它流淌在血液之中，这种流淌是一种玷污。

斯特林堡（August Strindberg，1849—1912），瑞典戏剧家、小说家，著有《朱丽小姐》、《父亲》等。他的作品被认为是两大文学（及戏剧）流派——自然主义和表现主义的最重要代表作。其60多部戏剧和30多部小说、历史等著作都具有颠覆传统的风格。他的戏剧创作涵盖悲剧、独幕剧和史诗剧，是表现主义和超现实主义的开创者，和易卜生同为现代戏剧的奠基人。

“我描写的性格是过去的文明和现在的文明、书籍和报刊上的只言片语、人体上的某些部分、节日盛装上撕下的碎片和堆砌，完全像一个人的性格一样是七拼八凑而成的。”[①]

如果以这样的人学认知来考察，我们就可以从斯特林堡的戏剧中提炼出相关的文学性内涵，即《朱丽小姐》就是在否定那个压抑了人的本性的文明，就是要求将人的生命本能、自然天性托举到至高无上的地位。

《朱丽小姐》的贡献还在于采用了全新的方法反映它的主题，与以前的戏剧完全相异：让人物按生活的自然逻辑去行动。这在今天看来毫不为奇，但是在排场的古典主义和激情的浪漫主义作品充斥舞台的当时，这无疑令人瞠目。

对于舞台性的处理，现实主义和自然主义都是要求制造幻觉的。在这之前的戏剧舞台上，大都是情节突兀奇特的佳构剧，诸多偶然、巧合的制造需要场景之间的大量转化。而这在斯特林堡看来是不可接受的，因为他觉得这些都似乎有碍于幻觉的连贯性和整一性，“我们日益衰退的想象力可能会受场次间歇的干扰，在场间休息，观众就有时间思考，从而抵消作者这个催眠术家施加的影响”[②]。于是，他首先在布局技巧上进行了不分场次的尝试，把《朱丽小姐》设计为独幕剧，首先确保这出戏给观众的催眠完整而不被唤醒。斯特林堡对于舞台的规定也非常具体，在布景上借用了印象派[③]绘画艺术中不对称和简洁的特点，认为这样对于促使观众去想象是有益的，“因为人们既然因此无法看见整个屋子和家具的布置，就有了推测的余地，也就是把想象力调动起来，把看不见的东西弥补进去”[④]。为了让剧中的人物与环境融为一体，舞台只采用一种布景。但是若只采用一种布景，对布景真实性的要求就更高。不论布景画家可以多么惟妙惟肖地画出喷着火焰的山和瀑布，也不能使布景上的房间看起来跟真实的房间别

---

① 周靖波主编：《西方论剧选——变革中的剧场艺术》之《朱丽小姐作者前言》，北京：北京广播学院出版社 2003 年版，第 447 页。

② 周靖波主编：《西方论剧选——变革中的剧场艺术》之《朱丽小姐作者前言》，北京：北京广播学院出版社 2003 年版，第 451 页。

③ 印象派兴起于 19 世纪 60 年代，兴盛于七八十年代的法国，是绘画史上的艺术流派。印象派反对古典主义和浪漫主义，把“光”和“色彩”作为绘画追求的主要目的，倡导走出画室描绘自然景物，以迅速的手法把握瞬间的印象，使画面呈现出新鲜生动的感觉，影响颇大。

④ 周靖波主编：《西方论剧选——变革中的剧场艺术》之《朱丽小姐作者前言》，北京：北京广播学院出版社 2003 年版，第 453 页。

无二致。斯特林堡嘲笑过在舞台上用布做成的门——一摔而出时会使整个房子都晃动起来，更不可能忍受画布上的那些放东西的架子和炊具了。灯光方面，斯特林堡取消了当时极为流行的脚灯，原因同样很简单：虽然脚灯能使演员的面部丰满一些，却使得演员的下颌和鼻子变形；更重要的是，脚灯的光线不符合生活中太阳光从上照射下来的自然性，而使得演员产生生理上的不适应感，影响表演。因此，他将之改成了侧光的加强。化妆方面，斯特林堡主张淡妆甚至不化妆，表演依靠面部的表情而非手势和大声喊叫。对于乐队，由于观众能看得见，以及乐队使用的灯光可能干扰观众，斯特林堡也主张取消。对于剧场和观众，他则希望把前排座椅提高并把看戏时喝酒吃晚餐的包厢拆除。这些规定或者理想，在今天看来极为平常无奇，但在当时无疑是一次巨大的革新，是自然主义的演剧格体在整个戏剧中的完整体现或者表述。

与易卜生相同，在自然主义之后，斯特林堡也不自觉地转向了象征主义的戏剧创作，创作了《到大马士革去》等作品。

这里不再对斯特林堡的象征主义作品作分析。简单地说，象征主义戏剧否定客观真实，强调表现直觉和幻想，注重主观性与内向性，追求所谓内心的“最高的真实”，完全是对自然主义的反动。象征主义的艺术主张既表明了它的主题内核，又提供了它可能采用的舞台形式。象征主义经常采用的象征、暗示、隐喻等表现手法，后来就被表现主义戏剧、超现实主义戏剧和荒诞派戏剧大量借用，甚至也为后来的现实主义戏剧所吸收，从而丰富了戏剧的表现力。

自然主义和象征主义的戏剧实践都不是孤立的，自然主义同小说密切相连，而象征主义起源于诗歌。戏剧中的自然主义和象征主义（以及表现主义）虽然在艺术主张上南辕北辙，却奇妙地同时融合在易卜生和斯特林堡的身上。这不是偶然。从易卜生、斯特林堡开始，现代戏剧风格的流变进入了一种似乎是裂变的状态，可谓纷纭绚烂，一直深刻地影响至今日的戏剧面貌，根本原因在于：由于理性和科学的突飞猛进，人对世界的认识手段骤然增加了，造成了人在更短、更集中的时间里能产生大大超过以往的人学认知成果。由此，人与世界、文明之间的关系开始突变，人在探索世界奥秘时的种种新发现造成了人对世界认识的彻底改变；是人认识到一种新的宇宙秩序之后，对自己的认识能力和认识方式的一种更新与调整，是人为了协调自己与改变了的世界结构之间的关系而作出的努力。这种突变和强烈差异的产生，也许就是斯丛狄所说的“危机”。

对易卜生、斯特林堡的戏剧作品或者其他任何戏剧的文学性内涵的解读不是唯一的、不变的、排他的，但不同解读的提炼，至少反映出某个时期人学认知的状态和结论，无法摆脱对人的本质的深切关注。一杯透明的水，是甜还是咸，取决于水里溶的是糖还是盐。“糖”或者“盐”就是戏剧的文学性内涵，它溶于“水”的舞台性形式当中。白开水是无色无味的，溶化在里面的东西才决定水的甜、苦、有益或者有毒。但当糖溶于水而成为甜水后，糖是内容而水是形式吗？内容和形式的关系大抵有点类似这种，它们有分别，但是已经融为一体。

人学本质是内容，戏剧的文学和演剧呈现是形式，文学性先于舞台性。这种关系，可以理解为舞台的内容性同舞台的形式性的相互作用、相互转化的关系。易卜生和斯特林堡的戏剧实践，客观、真实而全面地反映出戏剧在人学认知上的转变。而在文学性上不断突破的同时，舞台性也在急速地发生变革。可以这样理解从自然主义到象征主义等诸多戏剧流派的形成和嬗变过程，即内容性与形式性在长期的戏剧实践中是相符的，随着新的内容性的表述出现（分裂），导致两者产生矛盾；在矛盾运动的过程中，一方面是旧有的形式性表述出现了问题，无法适应新的内容性表述，另一方面，在新的内容性表述之中已经蕴含了新的形式要素（可能性），这些要素（可能性）为消除两者之间的矛盾做了准备。随着具有形式功能的内容性表述凝聚成新的形式性表述，新的内容性和形式性表述最终得以统一。

因此，一方面，戏剧文学的发展不仅仅是提供了演剧艺术的文字依据，更在此之上提供了（新的）形式（可能性），而在提供新的形式可能性的同时，亦不可避免地形成了某些约束；另一方面，导演面对这样的文学剧本，为在舞台上继续挖掘、丰富和完善其文学性，同时因之要进行舞台性的革新尝试，导致了真正意义上的导演的产生。这种舞台呈现所包含的文学性和舞台性的发展中的矛盾现今也存在——这不是戏剧的孤立发展导致的，而是“人学”发展的必然结果。戏剧艺术对“人”的关注的深化、内化和形成的多元化，是与同为“人学”的文学在发展中对人的认识力度和深度的过程相伴随的，互为制约又互相促进，这也是现代戏剧在舞台呈现上虽流派、格体林立却又各有法则的深层次原因。

朱光潜[1]在谈到艺术与人生的关系时，提出了一切号称艺术的制作皆有共性："作者对于人生世相都必有一种独到的新鲜的观感，而这种观感都必须有一种独到的新鲜的表现；这观感与表现即内容与形式，必须打成一片，融合无间，成为一种有生命的和谐的整体，能使观者有玩索而生欣喜。达到这种境界，作品才算是美。"[2] 戏剧也是如此，它就是这种独特的观感和独到的表现的结合。对人生的观感就是人学认知的深度、力度，就是内容。文学性的挖掘和舞台性的创新都是同这种内容相适应的表现，是形式与内容的统一。

相比之下，契诃夫并没有开创什么新的流派，他的功绩是在现实主义的基础上把现实主义发展到了一个全新的境界。这将在本书第三章的第一节专门论述，这里从略。

可以这么描绘欧洲戏剧的发展规律：与时代息息相关的、受哲学和美学影响的人学认知观点影响着戏剧文学的写作形式，戏剧文学的写作形式又大大地影响着舞台的演剧形式。

小结：人学认知是戏剧的核心内容，戏剧文学与演剧艺术在人学的追求上是一致的，只不过是运用不同的艺术形式、手段、技巧而已。人学认知决定了戏剧文学的创作形式，进而影响演剧艺术，于是演剧艺术对文学的——也即人学的把握与戏剧的文学性永远是不可分离的。导演的产生，是戏剧的文学性再创造和舞台性创新的共同需要。相比于电影和电视，戏剧艺术更强调风格化或者个人化的内容，因此我们强调创造演出艺术的完整性，反对各个艺术创作元素的各行其是，要求每个创作元素都要综合在一个基点之上。这个基点就是对人生价值的定位和对生命意义的判断。这是戏剧的文学性定位，是其价值核心，唯有这种定位才是演剧艺术的文学性继续发展和舞台性创新的起点，而它的创造者是导演。孔子[3]曰："言之无文，行之不远。"戏剧就是如此，"戏之无文，行之不远"。

---

① 朱光潜（1897—1986），中国美学家，著有《文艺心理学》、《谈美》等。

② 朱光潜：《谈文学》，合肥：安徽教育出版社2006年版，第1页。

③ 孔子（前551—前479），中国春秋时期思想家、教育家，儒家的创始人，著有《春秋》等。

第六节 荒诞派——反文学性——反舞台性——反戏剧的戏剧

本节既延续着本章第四节“导演阐释——文学性内涵——‘人学’本质”的观点，又紧贴在“文学性（内容性）和舞台性（形式性）的矛盾—发展—统一”之后，希望对导演阐释的文学性内核作一个完整的论述，既可以为文学性收尾，也对文学性与舞台性融合作一个总结。

传统戏剧进入现代戏剧，一直主要是以易卜生剧作为代表的剪裁干净的、尊重第四堵墙的、现实主义的戏剧。进入现代，这种现实传统戏剧仍然占据主流，但是开始显现出被打破的迹象。斯特林堡的梦幻剧、叶芝①的浪漫剧、奥尼尔②的表现主义、皮兰德娄③在形式上的创新……其中最具震撼力的当属荒诞派。荒诞派以荒诞无稽的舞台形象使戏剧观众为之一惊，打破了人们关于一个井然有序、合乎理性、以个人为中心的世界模式，逼迫人们重新去思考那些历来想当然的传统观念。

从戏剧的文学性发展看，由于其人学内涵的本质需要，戏剧发展到荒诞派有如水到渠成，并不令人惊讶。荒诞派的出现之所以不是突然发生的，就是因为它源自欧洲文明一直以来对科学和理性的追求：生物进化论否定上帝创造万物，天文学进步让人们认识到地球在宇宙中处于无足轻重的地位，弗洛伊德④的心理学则揭示了人下意识的种种冲动本能比压抑它

---

① 叶芝（William Butler Yeats，1865—1939），爱尔兰诗人、剧作家，著有《沙漏》等。

② 奥尼尔（Eugene O'Neill，1888—1953），美国剧作家，著有《毛猿》、《进入黑夜的漫长旅程》等。

③ 皮兰德娄（Luigi Pirandello，1867—1936），意大利戏剧家，著有《六个寻找剧作家的剧中人》等。

④ 弗洛伊德（Sigmund Freud，1856—1939），奥地利心理学家、精神分析学家，精神分析学派创始人，提出“下意识”、“潜意识”以及“俄狄浦斯情结”等诸多心理学概念，对心理学、艺术、教育学均有影响，著有《性学三论》、《梦的释义》、《图腾与禁忌》等。

的理性更加强大。理性和科学的发展达到某种瓶颈的时候，感性和艺术也会随之抵达某种临界点，也就是“危机”。

人类在自身漫长的进化发展中创造了文明，创造了把自己区别于低等动物的思想、宗教、法律等，也创造了日趋复杂的社会体系以及巨大的物质和精神文明。如果人与文明的关系是和谐相符并有条不紊地保持下去，人类文明将永远一帆风顺。但是人逐渐发现，人与自己发明的文明总是有冲突和对立的，这种关系各有利弊。人与文明不是简单的互补关系，而是有矛盾的。人与文明的这种矛盾产生于人的本质。从本质上讲，人类不属于文明，而是属于与文明相对立的自然。文明是人为了更好地生活下去而咽下的苦果——就像人为了治病而吃药，又要承受药物的副作用一样。

人创造文明“是一个无情的过程，是一台具有若干预制功能的机器。我们可以描绘这台机器，但是最终不受人的控制”①，这就是人的原罪。

20 世纪上半叶，人类使文明发展到了一个前所未有的高度，但是人类“享用”各种新成果的方式竟然是人类历史从未有过的两次全球范围的世界大战。人们关于永恒和稳定的神话遭到了真正的挑战，并开始迅速土崩瓦解。

1952 年，贝克特的《等待戈多》宣告了这种瓦解的开始。

艾伯特·加缪②在 1942 年有一段关于荒诞的话：“一个可以用理性来解释的世界，不管它有多糟糕，仍是一个熟悉的世界。但是在一个突然失去了幻觉和光明的世界里，人觉得自己是个陌生人。他是一个无法挽回的流浪者，他被消除了对已失去家园的记忆，也没有对一个即将来临的乐土的希望。这种人与他的生活分离，这种演员与他的布景的分离，便构成荒诞感。”③ 这是先于《等待戈多》近十年的文字，但是其间的“陌生人”、“流浪者”、“消除记忆”、“分离”、“荒诞感”，几乎提供了《等待戈多》被后世评论所使用的最核心的词汇。这丝毫不能说明贝克特在用戏剧阐释

---

① ［英］威廉斯著，丁尔苏译：《现代悲剧》，南京：译林出版社 2007 年版，第 62 页。

② 艾伯特·加缪（Albert Camus，1913—1960），法国戏剧家、小说家，著有《局外人》、《误会》等。

③ 《西绪弗的神话》，转引自易丹：《断裂的世纪》，成都：四川大学出版社 1992 年版，第 94 页。

加缪的哲学观点，而是戏剧同那个时代的哲学思考在对人的理解上不谋而合。

如果说人吃药能医治好疾病，有一定的副作用也能接受是合理选择的话，那么当人发现药不能治病反倒让病情恶化甚至导致死亡时，抛弃这种药也就自然成为合理的选择。荒诞派的艺术主张和实践就是对这剂“药”——文明——提出的怀疑、发出的挑战。

贝克特（Samuel Beckett，1906—1989），爱尔兰小说家、戏剧家，著有《等待戈多》等，因“以一种新的小说与戏剧的形式，以崇高的艺术表现人类的苦恼”而成为荒诞派戏剧的重要代表人物。

两个流浪汉在一块非现实的荒地上苦苦等待一个永远来不了的戈多而不知是为了什么；外省小镇上的居民无法抗拒地逐个变成了一头头丑陋而暴躁的犀牛；夫妻不认识对方，门铃响了却没有人在，消防队长和女佣人的意外相逢，最后几个人同时疯狂地喊叫出一些没有联系的词语。

荒诞派作品没有神或命运的安排，没有死亡和鲜血的拷问，没有性的发泄。剧情通常枯燥乏味，只是简单的闲聊，既无逻辑又很无聊。但是在闲聊中隐含着某种危机感，显现出越来越强烈的荒诞感。导演阐释总要分析戏剧的动机、动作、情节……但是在荒诞派戏剧里，一切都是无意义且反逻辑的。极端的如《秃头歌女》，连题目也不知何指，这些都是有意为之：一旦人们能够对这些反常的舞台呈现进行彻底而严密的逻辑性分析，它们的荒诞意味就消失了。《俄狄浦斯王》、《奥赛罗》、《茶馆》的导演阐释可以去分析、挖掘人物的前史和逻辑，对荒诞派戏剧却没有这个必要也不可能。人类曾经对神的虔诚膜拜和服从、对人的肯定赞美和歌颂，甚至对人以动物解剖般的情感心理分析……所有一切在这里都成了怀疑、否定和打击的目标。否定上帝的存在，怀疑过去、破坏过去，怀疑文明，不信任人际关系……破坏过去的一切就成为理所当然的需要和选择。

在荒诞派作家的眼里，诗歌可以写成逻辑混乱的文字组合，甚至天书一般的不同语言的字母排列，根本无人认识；绘画可以在蒙娜丽莎的脸上加两撇胡子，甚至完全抛弃视觉透视原则……只要是反对传统，既定规则就被统统否定。戏剧自然也是这种人学认知和情感感受的反映，这时候的戏剧再也不看重曾经被歌颂、赞美的人的各种外在表现，情节、性格、形象等都不重要了，作为认知这一“内容化”的转变，荒诞派戏剧舞台性变化的“形式性”也就理所应当了。

荒诞派以自己的人学认知，在文学性、舞台性上的反叛是坚决而彻底的。《等待戈多》不是孤立的戏剧作品，它与同时代威廉·福克纳①的《喧哗与骚动》、詹姆士·乔依斯②的《尤里西斯》相同，相对于传统都迥然不同，在呓语、回忆、意识流、彷徨、等待之中，没有神示的命运，没有悲苦的人生，流露出来的是相同的迷茫、不解、怀疑、嘲笑，且大都是独自面对自己的发问，自说自话。要向过去的文明告别，就意味着向过去的语言告别。由于戏剧的文学特性，在不同层次和程度上，破坏旧语言、创造新语言就成为戏剧革新的发端，并立即影响到情节、性格等其他戏剧元素。荒诞派的作品多在消解语言、弱化情节、模糊人物形象上尽其能事地颠覆传统。在《秃头歌女》里，人物开始是一派胡言，到最后连词汇都说不出来，只能发出单音节的“咿咿呀呀”之声。在戏剧的舞台性呈现上，易卜生时代那种客厅剧曾经追求的场景真实、道具布景和服装的逼真再也不见了，现实主义的戏剧原则被彻底颠覆了。

对于戏剧文学与演剧艺术形式的突破，并不是荒诞派的目的，而是人学认知的内容实质令文学剧本的革新和舞台的突破——形式——完全成为手段，以更加彻底地表现他们对人生的荒诞感受。

荒诞派在文学形式和演剧形式上的革命性反动让人瞠目，但是人们在惊讶过后并无反感，反倒充满了同情和认同。这是因为荒诞派在破除旧有

---

① 威廉·福克纳（William Faulkner，1897—1962），美国小说家，著有《喧哗与骚动》等。

② 詹姆士·乔伊斯（James Joyce，1882—1941），爱尔兰小说家，著有《尤里西斯》等。

一切的同时没有放弃对人的考察和体谅，而是充满着对人的存在价值和人与世界、文明的深刻思考，包含着对人的深切关注。荒诞派强调人存在的荒诞色彩以及人对这种荒诞的内心体验，提出荒诞性是日常生活中人的存在和存在环境的荒诞性的体现；认为人生具有荒诞色彩是人对自身认识的一个进步，而不是不负责任。“人类追求真理的行为不仅表现在从一个理想向另一个理想的递增，也表现为从一种困惑向另一种困惑的把握。”[①] 文学和舞台上的反传统、荒诞，是戏剧实践的一种进步，源于极深的人学思索，而不是不负责任。无聊的语言、莫名的行动、荒诞不经的情节、支离纷乱的舞台性呈现等，都有深厚的人学力量作支撑，带给观众的可信性丝毫不会减退，反而会引起巨大的共鸣。

萨特、加缪的戏剧作品也表现人的生存状况的不合理，采用的形式是高度流畅和合乎逻辑的推理结构；而荒诞派戏剧则通过公开抛弃各种合理的手法，通过混乱的思路来竭力表现人的状况的毫无意义及推理方法的不足。存在主义对人的不合理性的表现还构建于旧有的戏剧形式，但是荒诞派往前迈进了一步，使得基本内容和表现形式之间达到了一致，从而在冲击力上产生了巨大的增量。同样的人学认知，荒诞派由于在形式性与内容性上的和谐一致，令存在主义显得逊色不少。这种争取文学性认知与表现形式之间的完美结合，使荒诞派戏剧与存在主义戏剧得到了区分。

戏剧的每一个发展阶段都在努力对它的过往进行某种否定，甚至反叛和反动。古典主义、现实主义、浪漫主义、自然主义、表现主义……直至荒诞派，每一次都在否定过往。但是只要其文学性关照的人学本质一贯不变，不管它是什么主义或者派别，都能留下打动灵魂和敲击心灵的经典。

荒诞派绝望于人和世界的虚无，忧虑人和文明的格格不入，体谅人与自我对存在价值的迷惑和慌乱，是极为关注人的存在和感受的，在本质上一点都不荒诞，同莎士比亚的戏剧完全一样。尤奈斯库就把莎士比亚称为荒诞派戏剧的鼻祖，他指出：“我确信先锋派的目的在于在它们最纯的状态里去重新发现——而不是发明——戏剧永久的形式和被遗忘的理想。……莎士比亚对人的整个处境和命运提出了质疑。”[②] 马丁·艾斯林在

① 张先：《什么是真相》，北京：中国戏剧出版社2006年版，第34页。

② 田民：《莎士比亚与现代戏剧》，北京：中国社会科学出版社2006年版，第6页。

为荒诞派戏剧作陈词时就把莎士比亚戏剧看作是荒诞派戏剧的主要传统之一，认为“在莎士比亚戏剧里，首先有一种对人的状况的徒劳无益与荒诞深有所感。……众神对于我们如顽童对苍蝇一般，他们杀死我们是为了好玩”①。

抓不住荒诞派的这种人学认知的本质特点，就会在戏剧实践上出现问题。

戏剧《车站》② 中出现了在车站等待永远不停站的汽车以及一直在等待（十年）的等待者的独特戏剧情境，这是中国当代戏剧的一种新尝试，有些荒诞的意味，也由此被冠以荒诞派的名号。然而仔细考察，我们发现，《车站》虽然在某一点上出现了反传统的突破，但在整体上仍然沿袭着传统的方式。作者面对现实，产生了自己的感受，却把这种感受依附于社会问题，似乎个人的感受只有建立在社会问题上才有价值，结果限定了作品以感受获得的艺术丰富性，反而使作品的内涵变得平庸和孱弱，放弃了对生活的体验和感受，用社会外加给人的理智修正对生活的体验，让作品沦为共同意志的简单说教。这与荒诞派强调体验以及体验的逻辑是内在的逻辑的特征是背道而驰的。荒诞派没有任何说教的成分，更不会有口号式的呼喊。类似《车站》演出结束时，演员对着观众喝问：“戏都结束了，你还坐在这干吗呢!?”之类的处理，不仅仅是对观众的不尊重，更是对荒诞派的严重曲解、误读。许多荒诞派的作品表达出了这样的感受，即人生就是一种体验。戏剧并不是用来宣传“社会很可怕”、“人生要放弃”等观点；生活具有荒诞色彩同政治立场毫无关系，戏剧更不是要鼓吹推翻社会，它就是对人生一种带着无可奈何的眷顾和回望，伴着一声叹息。体会到人生具有荒诞感是人类对自我认知的一个进步，是内心感受丰富性的新的发掘，而不是消极抵抗。人类在不断追求文明进步的同时，也不可避免地要面对新的情感体验，由一种迷茫走向另一种迷茫。人类的最大觉醒，也许不仅仅在于“上帝死了”，而是觉悟到自己真的非常有限甚至渺小。荒诞派就是从这个意义上去体会人类活动的，表现出的都是人类最基本

---

① ［美］马丁·艾斯林著，刘国彬译：《荒诞派戏剧》，北京：中国戏剧出版社1992年版，第228页。

② 高行健：《车站》，台北：联合文学出版社有限公司2001年版。

的，也是共有的心理活动。这些内心活动只有靠直观感受才可能把握，不能添加说教的成分。

《车站》既想直接表现对生活的感受，又想在旧有宣传观念的前提下寻找出路，源于心灵的情感成分抵抗不住社会说教的“责任心”，使得宝贵的情感体验被干扰、扭曲，剧作的走向严重偏离了体验，大大地失去了价值。用社会共同意志的需要作为标尺来看这部剧，就会发现：公共汽车虽然没来，觉悟者还是勇敢地上路了；候车的人们在相互怀疑指责之后，也手牵手地面向未来了。这样的处理，给作品凭空添加了一层实用性的、功利性的亮色，却也扼杀了真诚的情感表达，无形中把作品的艺术价值抽离了，文学性疲软，体验无法升华，就无法引发观众的共鸣。这时候，所谓的多声部、复调式、多演出区、靠近观众的舞台性处理都无法从根本上解决文学性内涵空洞的问题，人物争论之后直面观众的鼓励口号更显得虚弱无力，观众只会因为莫名其妙而无动于衷，造成另一种哭笑不得的“荒诞感”。

从严格意义上来说，中国没有诞生出自己的荒诞派戏剧作品，这不是文学技巧的不足或者舞台技术的滞后，而是源于精神体验的缺乏和人学认知水平的落后。

文学性和舞台性是戏剧艺术不可分割的双重特性。从人学本质的角度看待戏剧，文学性是第一性的，文学性的构建始于戏剧文学文本，发展、开拓和完善都在于导演阐释，并以演剧艺术的形式最终完成。

戏剧艺术从诞生之日，就将关注人的精神生活和内心世界熔铸到了它的艺术形式之中。戏剧史上的伟大作品，无不在挖掘和展现人类内在世界方面为人们提供了新鲜的探索。“画鬼容易画人难”，关注人，体会人，把人的状态好好地展现出来，才是画人的大师，索福克勒斯如此，莎士比亚如此，易卜生如此，斯特林堡如此，契诃夫如此，贝克特同样如此。

形式上的创新值得鼓励，但是往往难以为继。在现代文学和现代戏剧发展到已经出现了荒诞派、未来主义、超现实主义的今天，无论是文学形式抑或演剧形式，单纯地寻找所谓的形式突破的可能性已极其微小，难度极大。要真正把戏剧发展下去，应该有更敏锐和深刻的东西，要有干货。这种干货并不是什么新鲜的东西，而是戏剧原本就有的人学认知的本质特点。尤其在这个科技急速发展、人类构建的物质文明和精神文明加速膨胀、人的外在和内在生活日趋纷纭复杂的时代，人类在享用这些文明成果的时候，也将不可避免地面临前所未有的巨大内心磨难和精神苦痛——而且将会越来越多。这种磨难与苦痛恰巧给善于展现人的内在世界的戏剧提供了更多的可供发现、挖掘的原料，以提炼出更加丰富的、多元化的人学认知成果。抓紧了人学认知的钻钎，对准人的内心和精神世界，埋头钻下去，必能收获到真正的戏剧艺术的成果。

小结：戏剧艺术的发展，反映了无论是戏剧文学还是演剧艺术，都出发于对人学的追求及不断深入的拷问。荒诞派戏剧是文学性与舞台性的一种极端形式的融合，其关注人的本质特性，同戏剧史上的其他流派完全一致，是戏剧人学精神的继承和发扬。

第三章

导演阐释在演剧艺术中坚守文学性的实践运用

导演对人学的追求与文学家并无二致。只不过导演运用综合性的演剧艺术，而作家用语言文字艺术去体现而已。

导演艺术发展的轨迹足以证明，不断追寻新的表现形式以更深入、更形象有力地表现戏剧的文学内核——人学，是导演艺术不断发展的根本动力。用艺术的方式去表现文学是人学的艺术创作的出发点，同时也是导演艺术不断追求的终极目标。

第一节　契诃夫——斯坦尼斯拉夫斯基——莫斯科艺术剧院

当契诃夫把《海鸥》的稿子送给莫斯科皇家剧院的领袖演员连斯基看后，得到的答复是："我最友谊的忠告：停止给舞台写作，这完全不是你本行以内的事。"

托尔斯泰的评价是："他所写的一切都很精彩，只是不深刻，是的，不深刻。"

斯坦尼斯拉夫斯基的感觉是："第一次读到这样的剧本，常常是令人失望的，甚至觉得在读过之后对它没有什么可谈的。"①

《海鸥》的第一次演出交给了彼得堡小剧院，遭遇了严重失败。连斯基、托尔斯泰、斯坦尼斯拉夫斯基对契诃夫剧本的最初评价，以及首演的溃败，现在看来有些可笑，但真实地反映了契诃夫的剧本出现在旧有的演剧艺术方式前，面临的不被理解和严重的被排斥状况。

---

①　转引自焦菊隐：《焦菊隐文集》（第三卷），北京：文化艺术出版社 1988 年版，第 286 页。

契诃夫（Anton Chekhov，1860—1904），俄罗斯小说家、戏剧家，著有《海鸥》、《三姐妹》等，其作品力图在生活的常态中挖掘戏剧性，注重潜台词，对现代戏剧影响深远。

斯坦尼斯拉夫斯基（K. S. Stanislavsky，1863—1938），苏联导演、戏剧理论家，著有《演员的自我修养》等，与丹钦科创立莫斯科艺术剧院，是“斯坦尼斯拉夫斯基演剧体系”的主要创建人。

彼得堡小剧院的排演制度和导演方法，和当时所有俄罗斯的旧型剧场一样。首先，导演和演员在排演一个剧本以前，从来不认真讨论剧本的主题思想，也不共同研究人物。其次，在排演的时候，最初一个阶段，主要演员通常是不来的，他们的角色都由助理导演来代替。其余的演员，也只是手里拿着剧本，听着导演的指挥：在说那几句台词的时候走到哪里，在什么时候坐下，等等。台位走熟了，台词也背下来了，于是，名演员开始来排戏。他们经过自己私下的准备，台词已经按照自己的风格背诵得滚瓜烂熟，并且已经对这场戏或那场戏怎么演法胸有成竹，到排演场来只是证实一下而已。很快，“奇迹”出现了，名演员凭着自己的天才和灵感，赋予一场戏以光彩与生命，全体演员也在他们的天才感召之下，像触电似的突然“出戏”。这时，导演的任务就完成了，演员们会自己安排他们的戏。这样排演的结果是观众只能欣赏戏剧的情节和明星演员的个人表演技巧。演员有时候也许能够创造出一两次有血有肉的人物来，但大多数的时候是透过放大镜来表现人的情感和热情。舞台上着意强调的是舞台色彩和夸张的手势、语调、情绪等，这还是旧式的表演方式，是不真实的。俄罗斯旧式演剧的公式化，使剧作家的剧本也公式化了。首先，观众的兴趣不在深刻的内容和意识，仅仅要求有几个动人的戏剧化场面或者惊心动魄的情节；其次，观众欣赏的不是剧中人物形象及性格，而是明星演员和他们的固有套数。

然而，契诃夫的戏剧作品和旧型剧本截然不同。它既没有神出鬼没的惊人结局，也没有热情澎湃的恋爱故事，更没有专门为某一主角所写的“下场戏”①。人物都非常平常，剧中的生活情调也都是淡淡的，就如同观众日常司空见惯了的，对话又是那么生活化的逻辑。所以，旧式演剧的表演方法就完全不能为他的剧本创造出真实的艺术形象来。

《海鸥》第一次的演出失败后，丹钦科②加盟莫斯科艺术剧院。他提倡并参与创立“心理现实主义”的演剧体系，使《海鸥》的第二次演出获得了巨大的成功，以斯坦尼斯拉夫斯基为代表的心理现实主义演剧学派也真正地站立起来，成为莫斯科艺术剧院的特色。

通过艺术的真实表现生活本质的真实，这是契诃夫剧本最突出的特点。因此，表演这样的剧本里的生活和人物，就必须遵照生活的规律，从生活的真实出发去创造艺术的真实。导演、排演的制度和表演的方法，也必须摆脱传统的、形式主义的桎梏，从体验剧本人物的内心思想情感出发，在丰富而活跃的内外部规定情境中使人物的舞台行动真正活跃起来，才能保证进行从生活出发的舞台艺术创造，才能把文学作品中的人物形象在舞台上活生生地体现出来。小剧院和一切墨守成规的剧院，在这方面都是不能胜任的。莫斯科艺术剧院创立的目的，正是为了在舞台上创造真实的生活。在寻求建立合理的制度和真实的表演方法之下，《海鸥》的演出才取得了成功，而《海鸥》的演出成功，更使莫斯科艺术剧院坚定了信念，坚持走自己的创作道路。

《海鸥》初演时，斯坦尼斯拉夫斯基扮演的是特里果林，他的处理是

---

① “下场戏”是当时一般剧作家为适应旧式的表演方法而为某一两个主角所写的重头戏。在主角下场的时候，故意把剧情处理成为一个段落，好叫主角走到台口再三接受观众的喝彩，而其余的演员则木偶似的待在台上，等主角下场以后才能继续表演。

② 丹钦科（Danchenko，1859—1943），苏联戏剧家、导演，莫斯科艺术剧院创始人之一。

“穿了最新的服装——白裤子、白背心、白帽子、白便鞋，和一副漂亮的化妆”。契诃夫看后说：“……演得好极了，好极了！不过演的不是我的人物，我没有写过这样的人。”契诃夫谈了自己的理解：“只是需要一双破鞋，和一条花格子的裤子，钓鱼竿是自己做的。”在《万尼亚舅舅》的演出中，曾经有剧院让万尼亚舅舅穿着上油的皮靴和农夫的衬衫，成了一个迂腐的地主，因为当时舞台上的俄罗斯地主都是这个样子的。契诃夫说：“不能那样，请听我说，我是这样写的：他打的是漂亮的领结，很漂亮的！要知道，地主比我们大家穿的还要好。”① 领结也许并不重要，主要的是主题思想。富于诗意的、温情的万尼亚在穷乡僻壤销声匿迹，而蠢汉教授却在圣彼得堡养尊处优，和与他同样的人一起管理着俄罗斯。《伊凡诺夫》第一次由考尔什剧院演出，排演时，演员就伊凡诺夫这个角色是反面人物而里沃夫医生是一个正面人物写信请教契诃夫，契诃夫气恼地驳斥了这两种看法。伊凡诺夫忧郁、疲劳、神经衰弱、悲观，契诃夫对他一方面是斥责，一方面又充满了同情。而里沃夫敢当着任何人的面说实话，并且谈论他们该尽的责任，好像是一个正面人物，甚至是英雄。可是，当这个“英雄”一个人在舞台上的时候，突然会说出一句：“天晓得！他们来看病，好像不付诊费还不够！……”这么简单的一句台词，就把他虚伪的一面揭开了。

契诃夫剧本的思想性不但要求导演和演员从时代出发、从生活出发，而且要求舞台的演出要把潜在于剧本深处的主题思想和揭露时代的意义与目的鲜明地表现出来。这是一种新的剧本形式对于表演艺术提出来的要求以及所启发和引导的一个新的方向，而这正是处在上升期的莫斯科艺术剧院所需要的。

契诃夫剧作的真实性，正在于他能惊人地描写人物的精神面貌，善于挖掘和表现人物的内心世界。

《樱桃园》里的加耶夫，整天就想着打台球，不停地叨咕着“红球进中兜”，五十多岁还要仆人给他脱衣服，成了个社会的残渣。还有叶比霍多夫——那个有“二十二个不幸”的人，每天都要遭遇一点倒霉的事情：

---

① ［苏］斯坦尼斯拉夫斯基著，郑雪来等译：《斯坦尼斯拉夫斯基论文讲演谈话书信集》，北京：中国电影出版社 1981 年版，第 138 页。

他上场准备向杜妮亚莎求婚，一进门就把要送给她的花掉在地上；临走时，一下子又被椅子绊倒了。他为什么总是这么“不幸”？因为他脑子里什么都没有，只有杜妮亚莎，因此就像丢了魂似的，对周围的事物听而不闻、视而不见；而一见到杜妮亚莎，他又紧张起来，所以才经常发生不幸的事情。像这些人物，如果不从人物的内心世界去挖掘和表现，便丝毫无法获得人物语言和行动的合理动机。

契诃夫笔下的人物都有丰富的内心精神世界，每一个看似平常的行为，都有完整合理的个人意识，富有动机，“不是浮在表面尘世的躯体，而是饱有精神内容、品味的灵魂，用心去体验那些灵魂，然后去写那些灵魂的要求”。导演与演员必须从体验角色的内在思想活动与精神面貌出发，才能刻画出完整的、有血有肉的人物，才能赋予剧本以生命。这是斯坦尼斯拉夫斯基通过契诃夫的剧本进一步追求到的，这也使得“体验”成为斯坦尼斯拉夫斯基体系的精髓。

契诃夫剧本中人物的对话是独特的。他不像易卜生的那样理性，不像旧式剧本那样使人物开辩论会，或者通过台词作论文，他的每个人物都有自己的内在思想动作的贯穿线——他们顺着自己的内在贯穿线说话。演员只有深刻细致地体验人物的内心思想情感，掌握了人物的内心贯穿行动，才能把人物正确的、合乎生活真实的精神状态，通过相应的外形体现出来。因此，从人物内心体验出发，是契诃夫的作品对于表演艺术提出的新的革命性的重大要求。斯坦尼斯拉夫斯基和丹钦科在创新的实践中创立的新的心理现实主义演剧体系，恰巧满足了这种要求。

契诃夫的剧本是现实主义的，但是不同于旧有的现实主义，也不同于任何其他流派。“在当时，是新形式，用的也是新手法。但他的‘新’，首先不在于形式，而在于表现了新的内容。”①

契诃夫完全瞧不起易卜生，认为易卜生在严格意义上说算不上是个剧作家。这是有趣的，也是精辟的。契诃夫自己深深知道，他的剧作已经摆脱了一切旧有戏剧的要求，同旧式戏剧决裂了，也自然同易卜生决裂了。

契诃夫的剧本和莫斯科艺术剧院的心理现实主义演剧体系，同那时候

---

① 焦菊隐：《焦菊隐论导演艺术》（上），北京：中国戏剧出版社 2005 年版，第 16 页。

其他的剧本和表演体系都是格格不入的，是演剧艺术史上的重大突破。

从索福克勒斯到莎士比亚，从易卜生到斯特林堡、契诃夫，无不显示着这样的事实：不同的演剧观或戏剧流派所展现的演剧格体——从戏剧文学到演剧艺术，都是源于人学认知的要求。自然主义的形成源于当时社会发展中自然科学的突飞猛进激发了人学认知的裂变，那时候的一切艺术（包括文学、戏剧）都反映并参与了这种认知的转变。戏剧要呈现这样的剧目，要表达这样的认知，必须有自然主义的手法。斯坦尼斯拉夫斯基的体系是由契诃夫时代的思想和深刻的心理反省的人生态度所引发出来的，契诃夫对人的认知的新深度和对戏剧舞台形式的新角度要求新的表现方式，于是莫斯科艺术剧院“凭着艺术的感觉，对于契诃夫艺术意义和向精神深处的深潜，开始了探求的、紧张的、兴奋的工作。契诃夫是一个新的写实主义者，剧场也应该成为一个新的写实主义者。……斯坦尼斯拉夫斯基对于刻板法的憎恶——从那里产生了他全部的演剧理论；他的整个体系，也许就是从契诃夫的剧作里生长出来的，虽然他本人并不知道。当这个体系还没有被察觉到、被放进公式里去的时候，便实际已经指导着契诃夫剧作的上演了”。

斯坦尼斯拉夫斯基心理现实主义演剧体系一旦确立，并在经过发展后被公认为能深刻而且生动地表现现实主义剧本的表演方式以后，立即又会反过来影响现实主义的剧作家，要求他们创作出更丰富、更全面、更完整、更细致和更深入地刻画人的内心感受与精神世界的作品。在科学创造日新月异的今天，对人的复杂性的认知要求也在一天天增加并发展，由此研究如何改良、提升旧有的演剧方式以适应人的变化要求，是必须的、不可回避的。斯坦尼斯拉夫斯基一直强调体系发展的迫切性，“所谓的‘体系’——我们以后不要说‘体系’，而说‘创作天性’，并不是站在原地不动，它每天都在变化。有些东西我们应付了一两个月之久，这意味着我们已经落后了”①。

小结：契诃夫同斯坦尼斯拉夫斯基及其演剧体系的建立是不可分离、

---

① ［苏］斯坦尼斯拉夫斯基著，郑雪来等译：《斯坦尼斯拉夫斯基论文讲演谈话书信集》，北京：中国电影出版社 1981 年版，第 743 页。

互相促进的。契诃夫创造的崭新的现实主义剧作，要求用崭新的现实主义的表演方式去表现。没有斯坦尼斯拉夫斯基的演剧体系，就不能演好契诃夫的剧本，也就无从证明契诃夫的戏剧作品确实在戏剧史上开辟了崭新的道路。任何流派或者体系，都是自然而然地顺应着人学认知而水到渠成的，如果想脱离文学性的基石建立什么流派或体系，而且要通过歪曲、"解构"戏剧文本来服从这种创新，只能是削足适履，这样的舞台性创新的意义必然会堕落到盲目地堆砌技术中去。

第二节　老舍——焦菊隐——北京人艺演剧学派

《龙须沟》的成功经验，可以凝聚成两点：生活的真实和典型人物形象的塑造。这是从老舍到焦菊隐都孜孜追求并努力付诸实践的。

老舍（1899—1966）中国小说家、剧作家，著有《茶馆》、《骆驼祥子》等。作品大都取材于市民生活，运用群众口语，具有独特的幽默风格和浓郁的民族色彩。

老舍一直强调要写出"活人"，他举例说："对于一部俄国名著，一个明白外国情形的读者当然比一个不晓得俄国在哪里的人更能亲切地领略和欣赏。但是这部作品的伟大，并不在乎只供少数明白俄国情形的人欣赏，而是在乎他能使不明白俄国事的人也明白了俄国人也是人。"① 老舍是写小说的大家，懂得人物的重要性，在创作戏剧文学的时候，自然不会丢弃刻画人物形象这一法宝。在经过一段时间的生活体验后，老舍首先构思出来的是一群生动活泼的人物形象：二春一家，然后是程疯子和娘子，接着是丁四一家，并没有设计什么故事梗概的东西。在人物形象逐渐形成、站稳的过程中，

① 刘章春主编：《〈茶馆〉的舞台艺术》，北京：中国戏剧出版社 2007 年版，第 274 页。

他才逐步把事件情节往舞台上放。

焦菊隐的演剧创造，延续了剧作家注重生活真实和人物形象塑造的艺术追求，“没有改动他（老舍）所创造出来的人物性格”[①]。在《龙须沟》的创作过程中，焦菊隐让全体演员及舞台美术工作者进行了三个月的实地生活体验，要求演员写人物小传，诱导演员在生活中成为他所扮演的角色，始终强调“从生活出发，从内容出发，从人物出发”[②]。以表演为核心的舞台各要素创作，也严守生活真实的基础和原则，以塑造从内部到外部相符合的人物形象为目的。最终，在舞台上呈现出“一片生活，……一个个活生生的有血有肉的真实形象，创造出浓郁的生活情调，进而展现人的精神世界”[③]。

《龙须沟》创造出生活真实和人物真实的舞台逼真再现，是舞台写实主义创作的成功实践。但这只是焦菊隐尝试建立人艺演剧体系的初步成功，到了《茶馆》的出现，才标志着一种崭新的演剧体系建立起来了。

《茶馆》诞生的时候，遭到不理解甚至是批评并不奇怪，不说它没有提出一个主线人物上西山参加游击队这类外行而肤浅的政治解读，就说它奇特的戏剧结构：五十年的跨度被横向切割成薄薄的三片，人物众多，缺乏贯穿事件、贯穿情节、悬念和激烈的冲突……这对于舞台排演都是极大的挑战。

《茶馆》得以成功，首先依靠的是独特的典型化人物及其生动而微妙的情境。老舍说过，在《茶馆》第一幕里所写的二十几个人物，都是由他看过相、批过八字的，人物的音容笑貌、神态言词已经很生动、形象化了。焦菊隐也是牢牢抓住要塑造鲜明生动的人物形象的原则，用典型而特色的舞台行动，将剧本里的人物成功地塑造成为舞台典型形象。对于布景和音响效果的要求，也同样是为着这一目的：要烘托表演，突出人物思想性格，表现人物特点[④]；要介绍时代背景，突出时代气氛。由此，茶馆外响起了水车推过的“吱吱扭扭”声、小吃的叫卖声、鸽子飞过的鸽哨声；

---

① 焦菊隐：《焦菊隐论导演艺术》（下），北京：中国戏剧出版社 2005 年版，第 684 页。

② 蒋瑞编：《〈龙须沟〉的舞台艺术》，北京：中国戏剧出版社 1987 年版，第 45 页。

③ 蒋瑞编：《〈龙须沟〉的舞台艺术》，北京：中国戏剧出版社 1987 年版，第 60 页。

④ 焦菊隐：《焦菊隐文集》（第三卷），北京：文化艺术出版社 1988 年版，第 421 页。

茶馆里有厨房锅勺碰击、擀面杖敲打、洗刷碗筷等声音以及跑堂小伙计的叫喊声和茶客们的谈话声等。这些舞台处理的出发点同《龙须沟》是完全一样的，是正确的。

《茶馆》更大的成就——也是它超越《龙须沟》之处——是在再现生活真实与典型人物形象塑造基础之上的由人物形象的塑造而直接指向人的本质特征的创造，由生活的真实而升华到生活本质的真实。这是更核心的。

焦菊隐（1905—1975），中国导演、戏剧理论家。导演作品有《茶馆》、《蔡文姬》等。北京人民艺术剧院奠基者，把斯坦尼斯拉夫斯基体系的思想与中国戏曲艺术的美学原则融汇于导演创造之中，强调表演创作中的“心象说”，逐步形成自己的导演学派。

大傻杨这一人物形象在剧本中原本并没有，这也不会对全剧造成任何伤害，但是焦菊隐建议在每幕前加一个说数来宝的乞丐，说一段数来宝介绍历史背景和剧情，也算剧中人。这类似于一个“叙述者”的角色，不真正参与剧情，比较客观。老舍采纳了，创造出了大傻杨这个人物。他也是一年不如一年，日渐衰老贫困，以“客观”的身份真实地反映出五十年来中国人的生存状态和生活境遇。他对生活现实的映射，使他也成了《茶馆》不可或缺的另一个性格独具的人物。

二德子是横着出场的。焦菊隐曾经提到过，在清朝时，曾有在宫中当差之人，为了把监守自盗的银子带出盘查严格的宫门，不惜把银锭塞在肛门之中。银锭太大了，他们走路时就只能横着才不致太疼或让银锭掉出来。二德子就是当差的，他欺上蔑下、蛮横霸道又欺软怕硬。虽然他出场时并没有夹带银子，但是焦菊隐仍然让他横着出场——这不是写实主义的；加上他对常四爷和马五爷截然不同的态度，就是要在他身上由语言和外部形体动作一针见血地表现出这些当差人物的内部本质特征，而不是简单地塑造任意一个横行霸道之徒。在二德子身上的这种处理，明显是对这种类型人物的本质特征的刻画。

在第一幕结束前，庞太监从刘麻子处买到康顺子，说："我要活的，可不要死的。"从庞太监出场到此，他的人物形象是真实而鲜明的，而把他的形象创造终结在这句话上则意指深远。当他说"我要活的，可不要死的"时候，就像在买一只活鸡、一条活鱼回家做菜一样。在他的眼里，人完全可以当作活着宰吃才新鲜的家禽。而这不正是庞太监所代表的人物的本质吗？他就是吃人的动物！他是那个吃人的社会里，某种特定动物的典型象征！"要活的"，是人性本质的某种反映，超越了简单的写实主义。

第一幕的结尾，没有简单地"照搬"文学剧本，而是竭力去挖掘第一幕所蕴含的思想意境，加上了一对旁若无人的下棋人，最后反败为胜的那位大喊一声："将，你完了！"以此作为结尾，合情合理又合乎人物个性，更带有对旧王朝覆灭的预言，也为第二幕的起点作了铺垫和提示，令第一幕的结尾很有力量。这样的打点处理，符合人物形象的真实，也映照历史的真实。

子承父业在现实生活中是有的，可是小宋恩子、小吴祥子、小刘麻子、小二德子、小唐铁嘴都出现了，所有换代的人物都子承父业显然是不现实的、非写实主义的。这不是剧作家偷懒。人类社会自从有了阶级划分，就始终存在剥削和压迫，从来没有改变。既然如此，让这些人物都子承父业正好揭露了社会其实从来没有改变其弱肉强食的生存规律的本质。他们全都子承父业是非现实的，但是由于看到了人类生活中的某种基本生存状态和本质特征，这样超越写实的处理丝毫不令作品不真实，反而因此更具震撼力。

结尾处，三个老人为自己抛撒冥钱，完全不是生活的真实。中国民间从来没有这样的民俗，这不是现实，更不是写实。但是剧作家看到并揭示了某种生活的本质和处于这种生活中的人的存在本质：在这样的社会里，人活着就是在为自己构筑坟墓，人的存在就是在为自己送葬，人活着就已经死了。抛撒冥钱显然不是生活的再现，却揭露了生活本质惊人的真实，谁都无法逃离。从客观现实提炼而出的本质的真实，观众是完全认同的。

"什么是民族化？用民族语言写和演，应是第一步、起码的条件。但这当然远远的不够。关键还在于写和演出真实的民族的人物性格、思想和感情。也就是说，要写出地地道道的各式中国人来。”[①]《龙须沟》是焦菊隐向斯坦尼体系借鉴学习的成功范例，总体而言是偏重于自然主义真实的现实主义，还处在“土斯坦尼”阶段；《茶馆》则在此基础之上更进一步，不是全然的自然主义的再现，而是提出了自己独特的对人的本质的看法和态度，出现了超越现实主义写实的某种“象征意味的‘表现主义’因素”[②]，真正具有了自己的观念和自己的形式，才创造出了人艺特色的演剧体系。

斯坦尼斯拉夫斯基能够创造斯坦尼演剧体系，焦菊隐能够创立北京人艺演剧学派，很重要的原因在于他们在戏剧实践中最大程度和持续不断地挖掘、丰富了戏剧以人学认识为核心的文学性内涵，同时寻找出了最适合于剧作的演剧形式。具有深刻的人学认知观念并创造出独特的与之相适应的演剧形式，是创造体系或学派的基础。

戏剧艺术的文学性要求，是人学认知的要求，它不是为了某种演剧体系而存在的，演剧体系只是为了更广阔、更深入、更直接地向观众传达对于人的认知、对于世界的看法而存在的，是为了便于传达剧本中所蕴含的丰富人学认知思想的——这些内涵可能是剧本原有的，更可能是后人通过各种方法修正、挖掘、完善、升华出来的。演剧体系必须以表达这种人学成果和舞台形象为最大的、唯一的、终极的目的。丹钦科说过：“为了使这样的剧本（契诃夫的剧本）的价值不受损害，必须摧毁旧的导演和表演的方法。”对人的认知是持续地，通常也是渐进地发展的，体系则是相对固化的。不能为了体系而篡改认知，相反，应该为了人学认知的演进而不断修正体系甚至建立新体系。

小结：从《龙须沟》到《茶馆》，焦菊隐大大超越了舞台上的“一片生活”和单纯的典型人物形象塑造，而是在此基础上达到了对生活本质特征的揭示和丰富多样的人的本质特性的创造，具有了超越现实主义的某种象征意味的“表现主义”因素，以更高层次的艺术真实反哺生活真实，这

---

① 刘章春主编：《〈茶馆〉的舞台艺术》，北京：中国戏剧出版社 2007 年版，第 261 页。

② 徐晓钟：《向“表现美学”拓宽的导演艺术》，北京：中国戏剧出版社 1996 年版，第 96 页。

标志着具有中国民族特色的人艺演剧学派的真正确立和成熟。

第三节 徐晓钟——《桑树坪纪事》

“悲壮的历史画卷，精美的舞台创作”，被视为“具有大胆直面人生的主题，并和谐地运用多种艺术手法的精品，是民族历史的真诚反思，充满变形、象征和诗意”，这不是溢美之词，而是对《桑树坪纪事》的中肯评价。

徐晓钟[①]一直关注戏剧形式与内容的关系问题，始终强调“用真正是自己独创的形式赋予自己的观念”[②]，提出“导演一切艺术手段的运用，形式与语汇的创新，应该着眼于塑造人物，用于揭示人物的性格、思想，用于创造人物的精神生活和人物的内在情感。……揭示人物性格、思想情感的全部丰富性、复杂性与深刻性”[③]。这里虽然没有直接提出“人学”两字，但“人物性格、思想情感的丰富、复杂、深刻性”，就是人学认知中人的本质特征的所指，徐晓钟无疑是把人学开掘作为戏剧的内容看待的。到了论及导演艺术的“表现原则”为何被提出时，之下的小标题已经明确为“人学把握的深化”，提出导演艺术的主要成就在于“扩大、深化了人物的心灵空间，……把人物的深层意识、情感世界，把人物的内在生命质予以直观的表现”[④]。徐晓钟重视对人物内在本质的挖掘，反对演出形式强烈而内容空洞苍白的戏剧，“要由情推动观众对展现的生活现象的关心、对人物命运的关切，由情打开观众思索的大门，借助剧情发展揭示生活中

① 徐晓钟（1928— ），中央戏剧学院教授，导演艺术家，导演作品有《培尔·金特》、《桑树坪纪事》等。

② 徐晓钟：《向“表现美学”拓宽的导演艺术》，北京：中国戏剧出版社1996年版，第7页。

③ 徐晓钟：《向“表现美学”拓宽的导演艺术》，北京：中国戏剧出版社1996年版，第7页。

④ 徐晓钟：《向“表现美学”拓宽的导演艺术》，北京：中国戏剧出版社1996年版，第116~117页。

更深一层的东西。……但是，不能只将剧中人表层的悲欢离合的情节给予观众，而应该是激发他们对人物命运、生活本质的带哲理性的激动，这才是可贵的”。

以上对形式与观念二者关系的基本立场，是徐晓钟向“表现美学”拓宽的戏剧美学观建立的基础和主要内涵。

《桑树坪纪事》毫无疑问是这一美学原则的完整实践，是形式和观念完美融合的佳作。它的创作过程与以往我们熟悉的先有剧本再将其搬上舞台的做法相反，是根据徐晓钟所确定追求的美学原则，在统一的构思下，由编剧共同执笔完成的。从改编之初，就以统一的艺术观念、演剧原则来统辖，融编、导、演、舞美为一体，并将其纳入总体的艺术创造之中。最后的舞台呈现，包容了戏剧综合艺术的各因素。

徐晓钟在看了小说所写的小桑树坪后，看到了一个“大桑树坪”——民族的历史和今天，感觉桑树坪是一块“历史的活化石”，“这块因封闭而留下来的活化石可以提供人们领悟民族命运的内蕴”。[①] 这些感受不是原小说直接写就的，而是徐晓钟敏锐独特的文学解读，是他自己的观念。这种观念是先于形式的。

徐晓钟在构思一台演出时，习惯于把演出的思想立意凝聚为演出的“形象种子”。对“形象种子”，他自己的解释是：“一个蕴含诗意的形象的哲理，……应该凝结成为一个象征，一个蕴含哲理的象征形象。”[②] 此时的“形象种子”已经明显成为文学性感悟和舞台性意象的重影，二者交融于一体了。《桑树坪纪事》概括的象征形象——围猎，就是它的“形象种子”。这一“形象种子”赋予演出以灵魂，贯穿全剧。

《桑树坪纪事》中的许多舞台处理，如《芙奴传》的戏中戏、抓奸、石雕像、杀牛等，都很经典，可谓耳熟能详，具体手法这里不必赘述。这里要说的是这些事件的运用既符合导演的观念——总体的文学性构想，又在舞台处理中造就了具有深刻的文学性意蕴的舞台形式，和谐完整，相当成功。只要“形象种子”准确、生动、深刻，在舞台上就会开花结果。

---

① 徐晓钟：《在兼容与结合中嬗变（上）——话剧〈桑树坪纪事〉试验报告》，《戏剧报》1998 年第 4 期。

② 徐晓钟：《向“表现美学”拓宽的导演艺术》，北京：中国戏剧出版社 1996 年版，第 115 页。

在《桑树坪纪事》的创作中，导演对全剧主题、人物形象是有明确的思想、观念和态度的；一切的舞台动作、行动组织也都有它的人学考量和文学性指向，是文学性的舞台外观，绝不是为了“表现”而表现。

小结：《桑树坪纪事》从美学原则的确立到舞台手法的处理，处处都以人学考量为根基，时时都渗透着人学思索，带着明确的文学性指向。徐晓钟在现实主义的基础上向“表现美学”的拓展，其实质是在遵循艺术真实的基础上，用“表现”的技巧开挖深藏而又复杂的人性，把对人学的追寻以一种艺术的形象展示给观众，使观众透过艺术形象感受心灵与思想的震撼。徐晓钟对人学的追求，是在完成演剧艺术的人学表现。《桑树坪纪事》的成功，是舞台形式（舞台性）与观念（文学性）充分融合统一的极佳例证。

第四章

理想的戏剧

在对戏剧的“文学性”进行分析时，自然地会产生基于“文学性”和“人学”的某些反思。

第一节 卡塔希斯的戏剧——戏剧的作用、功能及目的

戏剧的起源同祭祀是无法分开的，这其间的仪式性、共同体验感是完全相通的。在目的上，戏剧同祭祀也是相近的，是一种精神层面的满足，都是企盼幸福、消除恐惧、渴望稳定、寻求人生的价值。

“戏剧的使命是表现人的精神生活，它可以发展和提高审美感。”① 斯坦尼斯拉夫斯基的见解是简单而有力量的。

布莱希特②认为，“娱人”是戏剧的唯一目的。“娱”绝不是去单纯地娱乐搞笑，更大的指向是“愉悦”。

弗洛伊德认为，戏剧给人的愉悦感来源于观众通过“发泄”来摆脱自己的情感而产生的放松，来自于游戏愿望的实现。观众通常都是阅历不多、经验甚少的普通人，觉得自己是个大事不会临身的小人物，他的雄踞世界的雄心壮志被压抑着，只能渴望按照自己的意志去感觉、行动——就是说，人人都渴望成为一个英雄。戏剧让他经历作为英雄的某种体验，帮助人实现这一愿望，同时又可以省去很多麻烦。因为在现实中，人不经受苦痛、磨难和恐惧，就不可能完成他所渴望的那些英雄行为；但若是真的去经历那些磨难、痛苦和折磨，则毫无乐趣可言。人懂得自己只有一次生命，如果真的像英雄那样去抗争奋斗，付出的可能是生命。所以，观众的欢乐是基于幻觉之上的，他清楚地知道舞台上受苦受难的不是他自己而是别人，当他知道这只是一场游戏而不会实际威胁到自己的个人安全时，痛苦就淡化了，并可以心安理得地放纵自己平时在宗教、政治、社会和性方面压抑的冲动，在观赏戏剧所表现的人的各种经历中体验宣泄的快感。

---

① ［苏］斯坦尼斯拉夫斯基著，郑雪来等译：《斯坦尼斯拉夫斯基论文讲演谈话书信集》，北京：中国电影出版社 1981 年版，第 430 页。

② 布莱希特（Bertolt Brecht，1898—1956），德国剧作家、导演，著有《四川好人》、《三毛钱歌剧》等。

莎士比亚的悲剧情节本来大半都是极悲惨的，哈姆雷特的饮鸩、麦克白斯的暗杀、朱丽叶的惨死，这些如果在实际生活中发生，一定让人毛骨悚然，可是经过舞台的再现，原有的苦痛消除了，并带给人愉悦感。

悲剧带给人的愉悦也可能源于同情心的表现。我们同情不幸者，所以不幸的事情能使我们愉快。境界越是悲惨，同情心的需要也就越大，带来的愉悦感因此也越强烈。

雅里[1]认为，戏剧的目的在于为观众带来欢乐，但它必须是一种“创造和预见的快乐”，而不是廉价庸俗的故弄玄虚和卖笑逗乐。

斯坦尼斯拉夫斯基认为，戏剧的任务是“创造剧本和角色的内在生活和在舞台上体现诗人和作曲家的作品所由产生的主要核心和思想”[2]。斯坦尼斯拉夫斯基强调戏剧的思想教育使命，称剧院为“人类灵魂的工厂”。

戏剧不应该“满足于在剧场里仅仅喜怒哀乐一番，而是在剧场艺术的情理交融中增强思索的特征”[3]。

“在世上，歪曲了自己崇高使命的剧院，有多少个？几千个。在世上，娱乐设施或者只不过是在剧院的高尚名义掩饰下的下流酒馆，有多少个？几万个。在世上，有相当好的上演剧目和演出的剧院，有多少个呢？未必能数出十个。在世上，无愧于自己崇高称号的剧院，有几个呢？一个也没有。才华出众的或天才的诗人、演员、导演是有一些的，甚至完美的个别的演出看来也是有一些的，但是，符合戏剧本质及其崇高的文化——美学使命的剧院却一个也没有。”[4]

戏剧对人学的追求，从来都被庸俗社会学的阴影笼罩着，它们往往也打着为了“人”的旗号，宣扬世俗成功学意义上的所谓做人的“成功法则”。戏剧必须同这种假人学划清界限，不可被侵蚀腐化。

戏剧给予的应该是人文关怀。在无尽的宇宙面前，生命是短暂的、渺

---

① 雅里（Alfred Jarry，1873—1907），法国剧作家，著有《乌布王》等。

② ［苏］斯坦尼斯拉夫斯基著，郑雪来等译：《斯坦尼斯拉夫斯基论文讲演谈话书信集》，北京：中国电影出版社 1981 年版，第 857 页。

③ 徐晓钟：《向“表现美学”拓宽的导演艺术》，北京：中国戏剧出版社 1996 年版，第 112～113 页。

④ ［苏］斯坦尼斯拉夫斯基著，郑雪来等译：《斯坦尼斯拉夫斯基论文讲演谈话书信集》，北京：中国电影出版社 1981 年版，第 442 页。

小的，死亡不可避免，人文关怀是对生命意义、人生价值的关注。爱因斯坦[1]说："自己就像在海上遇难的人一样，只知道抱着一块无济于事的木板，却忘记了自己来自何方，也不知自己将漂向何方。"人会发生精神迷失，人是不完善的、不完整的、有精神缺陷的，应该努力地追求人格的完善和精神的完整，探求人的本质的丰富性以达到对"人的本质的占有"，从而帮助人认识自己、认识心灵的最高旨趣。戏剧就是要剖析、审视生活中的人丰富、复杂而微妙的心理世界，甚至包括潜意识和无意识层面的精神状态，让人更具体地了解自己、发现自己，使人朝着真正的人和更完整、更完善的人努力。《茶馆》、《狗儿爷涅槃》、《桑树坪纪事》等戏剧作品，以敏锐的洞察力真实地展示了中国人的生活状态、精神状态、思维模式和行为方式——这令我们自己都感到惊讶，促使我们反省觉悟，从而体现出巨大的人文关怀。这些都是戏剧人学本质的体现。

小结：戏剧要帮助人认识和完善自身，是对人的精神体验和内心感受的关注，给人以"卡塔希斯"——精神的愉悦、心灵的陶冶……

第二节　艺术的戏剧——自由性、独立性、真实性

艺术强调感性。古希腊酒神狄俄尼索斯[2]所代表的是一种情绪放纵和生殖机能的崇拜。既然是酒神，就自然会"醉"。"醉"的状态应该能超过"醒"而更能代表酒神的精神，那就是人解脱文明束缚、复归原始自然本能的最佳途径和最高境界。

---

① 爱因斯坦（Einstein，1879—1955），美籍德国物理学家，创立相对论，是现代物理学的开创者和奠基人。

② 狄俄尼索斯（Dionysus），古希腊色雷斯人信奉的葡萄酒之神，宙斯之子。他身上具有放荡不羁的醉性特征，不仅握有葡萄酒醉人的力量，还以布施欢乐与慈爱而在当时成为极具感召力的神。他推动了古代社会文明并确立了法则，维护着世界和平。据《诗学》记载，悲剧起源于祭祀狄俄尼索斯的庆典表演，他也因此被认为护佑着戏剧文化。

酒神精神所代表的人的自然本性，是人的创造力的核心，创造的产品就是文明，而文明和理性又往往压制或试图改造人的这种生命本能。艺术在文明中的特殊地位——对人在文明中被压抑被改造而产生的迷惑、矛盾、痛苦进行疏导和释放，使得艺术成为对它自身以外一切文明的反动。艺术的特性，决定了戏剧是自由的，尽管它被政府专制过；是独立的，尽管它受到道德宗教和政治经济的各种影响；是纯粹的，尽管人类能建造巨大的物质文明，但内心世界是最真实的。

酒神的“醉”性，不仅体现在戏剧艺术的创造过程中，也体现在观赏之中。“戏剧艺术是普遍的或局部的、永恒或暂时的约定俗成的东西的整体，人靠这些东西的帮助，在舞台上表现人类生活，给观众一种关于真实的幻觉。”①

艺术的自由和独立性，是它不成为宗教附属物、政治宣传品，不成为共同意志的奴仆的前提条件和必然要求。

艺术从来就是反对庸俗化、概念化的政治说教、道德教条或者共同意志的，这种“反”，是在人学认知过程中的独立性，而不是你说东我就西、你说大我就小的唱反调。艺术认知世界的起点、过程和结论都是自由的。

艺术的真实应是生活的本质真实，皮相的外形可能是不真实的而且很可能是掩盖真实的假象。

艺术要摆脱一切，然后才能获得一切。这里要摆脱的是日常纷纷扰扰的实用世界，要获得的是单纯的情感和内心的历程。艺术不能脱离情感经验，却必然是超越实用目的的。

“我对推销员这门行业过去和现在都没有丝毫兴趣，……有人问威利推销什么，他的皮包里装的是什么。我只能回答：他自己。我不想谴责一种行业，也并不想帮它改进，……既无意揭发家庭关系，也无意医治那种困扰这个无法规避的社会组织的弊病。……”阿瑟·米勒感兴趣的不会是行业问题或者三险一金的社会保障体系，甚至自杀问题，这些都不是。社会问题永远不是戏剧的关注本质，那是政治改革家们的工作。易卜生一再

① 周靖波主编：《西方论剧选——变革中的剧场艺术》之《戏剧美学初探》，北京：北京广播学院出版社 2003 年版，第 422 页。

强调："我是个诗人，而不是一般人们相信的我是社会思想家。"①

当戏剧在为讲述一个古怪搞笑的情节故事而焦头烂额地东编西造的时候，电视这一现代化、工业化的大众传媒已经把它处理成套路化的简单商业制作流程；当戏剧还在为某一个社会问题自问自答的时候，网络上的留言讨论早已经被点击刷新几十万次了；当戏剧为某种伦理道德护卫的时候，新的法律又在被制定出来。社会的政治、经济、法律、道德……并不是戏剧反映的重点，就算是有所反映，那也是在反映精神和内心世界时的附着而已。对于戏剧的把握，应该从社会的关注转向心理的关注，从道德伦理批判转向情感的评判，从外在的冲突转向内心的冲突。

戏剧家经常把目前群众闹得很热烈的问题拿来作题材，上演一出戏剧，观众自然会表现出浓厚的兴趣，但是这种趣味是以目前的问题为主，他们的活动是实用或者功利的，是非艺术美感的。这样的戏剧的热闹是实际生活的胜利，在艺术上很难说是成功的。

易卜生说："诗人的任务：为自己，因此也为他人，弄清楚他所处的那个时代和社会里所发生的暂时性和永久性的问题。"社会问题剧的最大问题就在于它的那个具体"问题"。我们可以在戏剧里讨论选拔人才是否应该以阶级出身为标准的问题，改革的路是否要坚持下去的问题……但是当这些问题不再成为问题的时候，这种戏剧也就不存在了。如今，在政治大旗的笼罩和商业利益的驱动下，这样的戏剧还在不断重复产生。精品不是经典，艺术的精品工程如同精品芙蓉王一样，不过是商业和政治的运作，丝毫不是戏剧艺术的检验标准。非艺术的外挂只是装饰，以纯良的心面对人的心灵处境和精神感受，创造面对人的戏剧作品，才有可能具有自己独立的生命力。

"我们每个人都有一张目录表，记载着个人的感情创伤，童年的记忆和秘密的幻想，舞台上发生的任何事情，只要重使我们回想了这些东西，就会对我们产生强烈的影响。"② 只有人所共有的情感，才能引发人的共鸣。

---

① 焦菊隐：《焦菊隐论导演艺术》（下），北京：中国戏剧出版社 2005 年版，第 814 页。

② 张先：《什么是真相》，北京：中国戏剧出版社 2006 年版，第 23 页。

歌德说过，在文化水平最低的地方，民族仇恨最强烈，人类的文化水平应该提升到这样一种程度："民族仇恨完全消失，人们在某种程度上站在超民族的地位，把邻国人民的哀乐看成自己的哀乐。"① 作为艺术的戏剧，同样应该具有这样的世界视野。如同面对战争，它的对错和成败应当由政治家与军事家去判断并面对；它对政治、社会、经济的影响，应该由历史学家和经济学家去分析整理；而它对人的精神和心灵的看不见的影响，则应由艺术家来完成。如果交战双方（或者多方）的艺术家不能超越国家间的敌视情绪，那么创造出来的作品只会沦为政治或者共同意志的"留声机"、"应声虫"，不会在关注情感、内心和精神的艺术世界里留下回声。真正的艺术所蕴含的美感是全人类的，不会仅仅符合一时一地的利益。未来不会有纯民族性的排他的真理，也不会再有纯民族的排他的艺术，文化心态中的"民族主义情结"的消解，将使人们更加关注"普遍人类的旨趣"②。当我们的创作还在为侵略和反侵略进行锱铢间的计较时，很多优秀的戏剧及电影已经超越了对正义与非正义的道德评判，反省到战争对所有人——战争各方的共同的伤害（生命和情感，生命感受），这是艺术家需要勇气、更需要感受力去面对的。这种高超的境界，源于艺术家对世界和人的内心关系的深入体察与独特感受。

戏剧是有自己的尊严的，不应该在政治、道德或者金钱面前弯下膝盖。为了戏剧本身的荣誉和自身的独立、自由，必须保持有尊严的态度。这种尊严将会得到丰厚的回报，不这样做，戏剧的魅力将会消失。戏剧永远是一门艺术，永远是崇高的艺术，就像它诞生时那样高贵。在每一个时代，都有一些莫名其妙的东西被贴上艺术的标签，被放在舞台之上，把舞台变成各种垃圾的堆积场。作为从事艺术工作的戏剧艺术家，有清除垃圾的义务，不能把戏剧舞台变成藏污纳垢的地方，不要为虎作伥、风尘卖笑，更不要做长官意志的随从。

小结：戏剧必然要反映某种价值观、哲学观、人学观，这种反映是戏

① 艾克曼：《歌德谈话录》，转引自董健《戏剧与时代》，北京：人民文学出版社2004年版，第66页。

② ［德］黑格尔著，朱光潜译：《美学》（第三卷下），北京：商务印书馆1981年版，第264页。

剧作为艺术形式的自由性、独立性得以确立之下的真实的思索；应该反对庸俗化和概念化的政治说教、道德教条或者共同意志，这是戏剧的尊严所在。

第三节 诗意的戏剧——戏剧的方式

现在如果要求用诗来写作一个剧本，那会被认为不是无聊讨厌的时髦玩意儿就是顽固不开化的返祖胡闹，这实在让人难以理解。要知道，诗是抒情的姊妹，曾经如同戏剧的血液，无法从戏剧中抽离。古希腊悲剧起源于对酒神狄俄尼索斯的歌颂，欧洲戏剧孕育于中世纪宗教的唱赞，莎士比亚、马洛①、拉辛、高乃依、布莱希特……都是用诗来写就他们的伟大剧作的，尽管有的是韵诗，有的是无韵诗。剧作家曾被称为诗人，优秀的剧作家就是伟大的诗人。直至易卜生后期和斯特林堡时代，散文体的日常用语才成为公认的戏剧用语。

一般的现代观众都能看到，戏剧的生命线是情节，而诗剧却在语言上大做文章。人们去剧场是为了欣赏生动活泼的故事，观看形形色色的人物在一段高度集中的时间里如何在矛盾冲突中生活，而不是为了去听诗歌朗诵会。这是对的。然而，语言和情节并非互不相关，一个情节的全部意义只有通过最适合它的语言方式才能被完全展现出来。

麦克白斯刺杀了邓肯王之后，心灵上引发了强烈的感受，这种心灵的感受是用语言表达的，而且，这心灵的感受正是这一情节的真正本质：情节不是刺在邓肯王胸中的匕首，或者沾在麦克白斯手上的鲜血，而是由此产生的言词所表达的无穷无尽的心灵的感受：

麦克白斯谋杀了睡眠！
……我这手真会

---

① 马洛（Christopher Marlowe，1564—1593），英国戏剧家、诗人，著有《浮士德博士的悲剧》等。

将汹涌澎湃的海染红
将绿变为红。①

此刻的诗体语言，精炼而准确地传达出了人物内心极为巨大的痛苦和挣扎。诗歌能以高度的凝练和最快的速度表达要用较长散文才能表达的内容，这是诗的独特能量。戏剧是观和听结合的艺术：看的是行动，听的是台词。诗体戏剧就是在发挥这种听的美感，如同聆听音乐。散文剧能展示情节，诗剧不仅可以做到这一点，还可令台词具有诗词的韵律和节奏张力，这是口语化的散文很难达到的。诗体戏剧使戏剧听的审美达到接近于音乐的体验，在创作中娴熟地应用诗歌的技巧，能使一部优秀的戏剧作品如虎添翼。

这并不是说戏剧就一定要以诗体写成。同样是在妻子的怂恿之下，弑君篡位的《乌布王》② 与《麦克白斯》在情节上有极大的相似性，但是熟悉莎士比亚戏剧的人在看过《乌布王》后一眼就能发现，这种相似只局限于夫妇俩因贪心而弑君篡位的这一简单情节上，具体内容和结构的安排则毫无相似可言。《乌布王》根本不关心乌布杀君夺位后的内心矛盾与挣扎，乌布自然不会用麦克白斯那种深沉意远的诗体语言，他满口“他妈的”一类的粗痞话，舞着烂扫把，得意地逃之夭夭。

可见，诗剧和散文剧并不是相互排斥、势不两立的，散文和诗歌是并肩而立、相辅相成的。实际上，诗体或散文体语言的运用同戏剧作品的风格、情节等要素是息息相关的，风格的多元化和情感表述的多样化必然要

① 选自《麦克白斯》第二幕第二场。

② 《乌布王》剧情：在所谓的“波兰”王国，“阿拉贡前国王”乌布老头是深受波兰国王旺塞拉斯宠幸的龙骑兵队长。他穷困潦倒，经不起贪婪的妻子乌布大娘的奚落和怂恿，决心弑君篡位，开始和波尔杜尔队长一起密谋。在国王检阅部队那天，乌布趁其不备杀掉了旺塞拉斯，篡取了王位，小王子布格拉斯却由于乌布的临阵胆怯而死里逃生。乌布登上了国王的宝座后施行暴政，任意杀戮，到处掠夺，百姓们忍无可忍，奋起反抗。波尔杜尔队长因为乌布对他的背信弃义而投靠沙皇，引外援回来讨伐。凶残而又怯弱的乌布勉强应战，仓皇跳进山洞躲藏起来，不料遇见了盗窃珍宝、逃亡在此的乌布大娘。后者装神弄鬼，乌布还念念不忘要惩罚乌布大娘。正在这时，小王子布格拉斯率兵卷土重来，与波兰百姓里应外合，击溃了魂飞魄散的乌布夫妇，两人走投无路，最后坐上一艘邮船，高唱着《取脑浆之歌》，经波罗的海朝法国的方向逃去。

求戏剧语言的多样化——或者诗体或者散文体甚至于荒诞派的消解语言的方式，都是无可厚非的。然而遗憾的是，经过自然主义后，戏剧语言使用散文体似乎成了绝对主流，诗体被过度扼杀了，这完全不符合戏剧风格多样化的现实要求。从这个意义上说，对诗体戏剧的呼唤是必要的。

在今日的剧场中，要恢复的并非格律森严、讲求平仄押韵的古典诗歌，更不是只有对仗工整、用词华丽的骈文，也不是雾里看花、似是而非的后现代朦胧诗，而是一种凝结着强烈情感的、引起观众共鸣的语言，是行动的凝缩和广延的简练语言，是字字为金的、提炼于实际生活的、有声有色的语言。这种语言是诗化的语言、诗意的语言，这才是戏剧的语言。要获得这样的语言，不仅要有一定的文学素养，还需要对生活诗意和节奏的体验。完成并展示出这样的体验，不单是剧作家的责任，也是导演阐释的主要内容。导演要善于发掘和深化戏剧中的这种诗性，即便是散文体的日常用语，在导演的仔细体会和精心处理之后，仍然能被诗化而变得富有诗意。

诗意并不出于辞藻或形式的华丽，也不在于合辙押韵。戏剧创作只要富有真情和激情，诗意自然会流淌出来。剧作家动真感情，才能让读者动心；导演动真性情，才能让观众动情，这就是戏剧的诗意。契诃夫戏剧的语言被称为是诗化的语言，富有音乐性和节奏，这种诗意的节奏，不仅仅是语言的节奏和诗意，更是生活的节奏和诗意。

戏剧的诗化要求，不仅仅是台词而已。从深层次而言，这是戏剧高于生活的特性所要求的，是戏剧的“假定性”本质的要求。

戏剧来源于生活，戏剧演出的三维空间与人日常生活所在的三维空间是相同的，这就容易导致一种倾向，即认为舞台就是展示客观生活的地方。这并没有错，但是舞台绝不仅仅只有这一种展现客观时空的能力。要知道，戏剧来源于生活，更要高于生活，舞台具有真实性，更富有“假定性”，这种“假定性”是时间的、空间的、情境的，也是表现手段和表现方式的。“假定性”是一切艺术（不仅仅是戏剧）的固有本性，更是戏剧最显著的特性。诗是高于日常生活用语的语言，诗化的戏剧就是高于生活真实的戏剧，如果承认“假定性”是戏剧的本质特性，就要承认诗化是戏剧“假定性”的必然要求。

戏剧从诞生到现在，流派林立，格体纷呈。每个流派在“假定性”的艺术要求上都是各异的，因而舞台与现实生活的距离也都是不同的，有的离得近，如自然主义；有的离得远，如表现主义、荒诞派。不管什么流派或格体，都要掌握好这个距离的分寸，不然必有格格不入的感觉。任何一出戏剧都有假定性——包括自然主义，从这个意义上说，任何导演阐释处理的都是“假定性”的阐释。不是每出戏都是诗化的戏剧，只有准确而敏锐地完成了“假定性”处理的作品——也自然是高于生活的作品——才可以称得上是诗化的或诗意的戏剧，太欠或太过都是没有拿捏好“诗意”分寸的表现。

成功的导演阐释必须恰到好处地处理“假定性”涉及的时空、情境、表现手段等各个方面的问题。诗化不光是戏剧台词的要求，同时也是戏剧语言——综合手段运用的要求。强调追求诗化、诗意的戏剧，就是强调要重视格体定位的准确性和“假定性”处理的分寸感。

诗意，是戏剧高贵的传统，要继承并传承下去。

小结：诗意是戏剧的天性要求，这不仅仅是对语言、行动，也是对时空、情境、表现手段的要求，因此要发扬戏剧的诗意传统，丰富舞台创新。

第四节 观众的戏剧——戏剧的组成因素

戏剧的舞台演剧创造不同于凡·高的绘画创作，可以闭门自赏，死后几十年才被拿出来给后人看。戏剧必须有观众——在演剧演出时现场现时的观众。这是演剧艺术的美学特性所致，即创作与审美同时空进行。演员的创作与观众的欣赏均在同一时空中发生，创作进行时，审美也同步进行。戏演完了，审美也结束了，最后观众带着余味散场回家。不仅戏剧，所有的表演艺术都有这一相同的美学现象，包括音乐、舞蹈。

演剧艺术的这一美学特征，在很多戏剧理论的研究和论述中都有阐述。从这种“观—演”关系的角度出发，戏剧可以被看作是由演员的表演和观众的观赏共同构成的，只有“演”而没有“观”的戏剧是不存在的。

演员的创作是“演”，观众的创作是“观”。坐着把戏看完就是“创作”，也可称为“创作者”，这是戏剧观众的特殊身份，非表演艺术（例如绘画、建筑、雕塑、文学）的观赏者就没有这种待遇。让观众与演员共处在一个空间中，这是戏剧艺术独具的祭祀性、典礼性的基本艺术特征。戏剧若是缺失了“观”的要素，就不是戏剧了。作为“观—演”这一关系中不可或缺的成分，观众是神圣的，并在这一意义上是毫无异议的“上帝”。

戏剧在不断地丧失尊严和放弃条件地屈从于观众，这是一个可怕的倾向。真正的戏剧与娱乐小品及杂耍戏的界限，在大多数创作者的概念中已经不复存在，“他们不把戏剧作为完成崇高的文化使命看待，只是利用它来满足渺小的资产阶级的目的。‘戏剧’这个词本身不再使人想起教堂，而同日常琐事混在一起。这样的戏剧被贬低到只贪图实利的目的，它可以比作一架贵重的钢琴竟被用来装燕麦了”①。

戏剧确实是一种交流的媒介和方式，但不能仅仅因为这样就把戏剧和可视电话、电视、网络相提并论，而把戏剧最有价值和本质的东西遗忘了。

现代社会中的大众文化确实来势汹汹，它的重要特征是思想内容空洞化、接受形式感官化，它满足的是人们快餐化、时尚化的文化消费。面对这样的冲击，一旦戏剧把自己降到感官刺激的地步，得到的就不会是同情、接纳，而是更大的鄙视乃至被抛弃。

“如果迁就只把戏剧仅供娱乐的低级趣味，那么戏剧工作者就会忘掉自己作为崇高的人的情感的解释者的使命，忘掉自己从前的理想——成为观众的指导者和教育者。这种指导者不是高踞于观众之上的艺术祭祀，而是人民的公仆，戏剧不应该迎合自己的观众，不，它是应该引导自己的观众顺着巨大的阶梯登上高处，艺术应该打开观众的眼睛，使他们看见人民自己创造的理想。”② 艺术要感动观众、教育观众，首先要吸引观众，让观众爱看。也就是说，让观众不感到吃力，自然而然地陷入艺术境界之中。由此可见，戏剧是高台，就理所应当地在人学认知的深度和广度上超过观

① ［苏］斯坦尼斯拉夫斯基著，郑雪来等译：《斯坦尼斯拉夫斯基论文讲演谈话书信集》，北京：中国电影出版社 1981 年版，第 439 页。

② ［苏］斯坦尼斯拉夫斯基著，郑雪来等译：《斯坦尼斯拉夫斯基论文讲演谈话书信集》，北京：中国电影出版社 1981 年版，第 858 页。

众。但是要在高台和观众之间搭起阶梯，让观众不至于觉得高不可攀而丧失接近的愿望，这个分寸的把握是重要的。

戏剧始终要给观众提供审美愉悦，而不是泛泛的生理快感。契诃夫在致丹钦科的一封信里提出，无论人民戏剧或者人民文学，都不应当把果戈理降到人民的水平上去，而应当把人民都提高到果戈理的水平上来。

歌德也谈到，作为一个剧作家，他的创作从来不追问群众需要什么，不追问要怎样写作才对社会整体有利。艺术家能做的，先是努力增进自己的见识和能力，提高自己的人格，然后把认为是善的和真的东西表达出来。这样的工作会在广大观众中发生作用，产生有益的影响。不过，不必把这看作目的，这只是必然的结果，因为一切自然力量的运用都会自然而然地产生结果。

在这个意义上说，我们得出的最后结论是：观众不是，也永远不能成为上帝。

小结：戏剧的观众是演剧艺术存在的必要条件，因此要尊重观众。关注观众的接受能力是必须的，但是不能屈从于观众的低级趣味。戏剧要提供给观众的不是简单的生理快感，而是审美愉悦。

结　语

戏剧虚弱到了靠着官方评奖拨款的今天，到了靠着一群琢磨如何利用艺术发财的掮客赞助的今天，到了靠着唱通俗歌曲的选秀歌手提高上座率的今天，到了靠着在舞台上讲述网络低俗笑话博取掌声的今天……要站出来说捍卫舞台的文学性，这一本来再简单清晰不过的道理，竟然似乎有些不合时宜。可是，虽然不合时宜，有良知的戏剧工作者还是要大声疾呼。因为戏剧应该被人关爱，更因为戏剧关爱人。

戏剧艺术从诞生的那一刻起，便凸显出其他艺术种类无法替代的特性。它在空间场中的时间流过程、在创造的同时死亡的特性，同人的生命体验感受完全一致，毫无区别。它是对人的过去、现实、未来的最彻底、最真实的模仿和想象，最集中和强烈地体现出人类的情感变化规律与精神体验过程。从这种模仿和想象中产生出戏剧艺术认知世界、反思文明、开拓内心世界的总体精神。而在这总体精神中，对现实与未来的人学认知意识又是其主要内容。西方戏剧的变迁演进始终没有背离这种以人学认知为主要内容的总体精神，始终将人类通过体验审视自我的存在当作主要目的。从古希腊戏剧到现代派戏剧，戏剧的人学认知精神一直在发扬光大。

关注人，创造个性化的人格，追求个性化人格的独立、丰富、健全、完整，是以人学为本的戏剧艺术创作的主要目的。这一点，不管对于剧作家还是导演来说，都是相同的，在此之外的一切都无足轻重。肉体的折磨、命运的摆布、生活的艰辛等人类社会表层的现象，都不是值得戏剧艺术关注的苦难。值得戏剧关注的是人的内心体验和情感经验中的苦难：和和谐社会下人的精神世界坍塌的痛苦，外表健康而内心孱弱、分离、扭曲的痛苦，空有人生美好的计划却无法真正实现的痛苦，人在尔虞我诈、厮杀打斗时才可以看清楚对方的痛苦，人在营营忙碌为自己构建坟墓而无法停止的痛苦……看清楚人，了解人，体谅人，让人更独立健全、更丰富完整，是戏剧可能做到的，而且是应该做到的。

“诗三百，一言以蔽之，曰，思无邪。”[①] 艺术不同于科学，最注重情感和心灵的感受。最无限、最自由的就是心灵，所以最高的美都是心灵的表现。艺术纯粹是心灵的表现，与科学相反，它的目的就是超越自然的限制而表现心灵的自由和美。

戏剧的当代创作也应该如此。在电视、网络等大众传媒日益膨胀的今天，戏剧要站立起来，要出淤泥而不染，只能依靠它的品质。

首先要强调的是戏剧人的真诚精神。艺术创作源于真性情，导演阐释是坚守这种真性情的核心力量。真性情不仅体现在创作动机上，在创作过程中也不能有任何的虚伪和取巧。要敢于真诚地面对自己、面对人生、面对现实和自己内心真实的认知。抛除利害，不要求对现实产生立竿见影的功利效果，而是放眼探索人的未知部分。创作动机是艺术发芽的种子，它的不真诚会令作品的格调变得低下，而导演阐释创作过程中的不真诚导致的个人内心真实感受被掩饰、修正甚至篡改，则会令作品扭曲、畸变，价值大打折扣。从始至终保守真诚的内心和情感，戏剧人学认知的力量和能量才能被结结实实地贯注到作品中。

其次要强调创作过程中的体验意义。“艺术创造活动就其本质意义来讲，是人类寻求内心与外在平衡的体验活动。”[②] 戏剧艺术的与观众共同创造演出的特性，突出了要展现体验的意味。在演出现场，观众要进入一种体验的氛围之中，而导演则是这一体验活动的创造者。在导演的指导下，演出者引导着观众经历情感体验的全过程，体验存在，体验生命和丰富完整的人。导演应该有这样的眼光和能力，能准确地观察到戏剧中的人在不同情景中的情感状态，能在人们平静的生活和外表下发现内心隐藏着的强大暗流，并把人的这种内在精神体验放大、扩展，传递给观众，引起共同的关注，引发共鸣。戏剧体验的对象是人，本质上就是对人的理解和关怀。人类对于戏剧的兴趣之一，就是它对人的内在及外在世界丰富多彩的展现。要实现丰富的展现，就要有丰富的心灵和丰富的感受能力去体验人所具有的不同情感与各种生命想象。这种体验和感受在人学认知的不同历

---

① 《论语·为政》。

② 张先：《什么是真相》，北京：中国戏剧出版社2006年版，第59页。

史阶段是不同的、发展着的。从古希腊古罗马到中世纪，人对神和世界是崇敬畏惧的；文艺复兴时期，人要求实现人的尊严与完美，同时面临肉体毁灭时“生存还是毁灭”的巨大痛苦；到现代，人们把自身放回到自然的世界中，人类的局限性和大自然的无限性揭示出人为抗争自然而创造文明的无奈与尴尬，使人类再次感到自己的价值需要重新认定。这种人学认知所产生的否定之否定的结论不是轮回，而是一种螺旋式上升。这种螺旋上升产生的认知叠加，又成为今天人类人学认知的起点。站在这个起点的高度上，迫使戏剧艺术家们不得不挖掘自己独特而深刻的人生体验，体验当今世界和人的丰富性，并把这种丰富性奋力往前推进。

真诚面对，全心体验，坚守人学认知与关怀的本质，戏剧必将重新获得它应该得到的尊严和荣耀。

参考文献

一、中文文献

1. 谭霈生:《论戏剧性》, 北京: 北京大学出版社 1981 年版。

2. 谭霈生:《戏剧鉴赏》, 北京: 高等教育出版社 2004 年版。

3. 谭霈生:《戏剧艺术的特征》, 上海: 上海文艺出版社 1986 年版。

4. 顾仲彝:《编剧理论与技巧》, 北京: 中国戏剧出版社 1981 年版。

5. 刘彦君:《东西方戏剧进程》, 北京: 文化艺术出版社 1997 年版。

6. 刘彦君、廖奔:《中外戏剧史》, 桂林: 广西师范大学出版社 2005 年版。

7. 董健:《戏剧与时代》, 北京: 人民文学出版社 2004 年版。

8. 徐晓钟:《向“表现美学”拓宽的导演艺术》, 北京: 中国戏剧出版社 1996 年版。

9. 童道明:《我爱这片天空——契诃夫评传》, 北京: 中国文联出版社 2004 年版。

10. 汪义群:《西方现代戏剧流派作品选》(1、2、3、4 卷), 北京: 中国戏剧出版社 2004 年版。

11. 傅谨:《二十世纪中国戏剧导论》, 北京: 中国社会科学出版社 2004 年版。

12. 施旭升:《中国现代戏剧重大现象研究》, 北京: 北京广播学院出版社 2003 年版。

13. 杜定宇:《西方名导演论导演与表演》, 北京: 中国戏剧出版社 1992 年版。

14. 高中甫:《易卜生评论集》, 北京: 外语教学与研究出版社 1982 年版。

15. 朱光潜:《文艺心理学》, 北京: 生活·读书·新知三联书店 2005

年版。

16. 朱光潜：《谈文学》，合肥：安徽教育出版社 2006 年版。

17. 张先：《什么是真相》，北京：中国戏剧出版社 2006 年版。

18. 张骏祥：《导演术基础》，北京：中国戏剧出版社 1983 年版。

19. 张庚：《戏剧艺术引论》，北京：文化艺术出版社 1981 年版。

20. 田民：《莎士比亚与现代戏剧》，北京：中国社会科学出版社 2006 年版。

21. 吕效平：《戏曲本质论》，南京：南京大学出版社 2003 年版。

22. 鲍黔明、廖向红、丁如如、姜涛：《导演学基础教程》，北京：文化艺术出版社 2007 年版。

23. 陈世雄：《导演者》，厦门：厦门大学出版社 2006 年版。

24. 周靖波：《西方剧论选——变革中的剧场艺术》，北京：北京广播学院出版社 2003 年版。

25. 廖可兑：《西欧戏剧史》，北京：中国戏剧出版社 1994 年版。

26. 廖可兑：《二十世纪西欧戏剧》，杭州：中国美术学院出版社 1994 年版。

27. 易丹：《断裂的世纪》，成都：四川大学出版社 1992 年版。

28. 孙惠柱：《谁的蝴蝶夫人》，北京：商务印书馆 2006 年版。

29. 高音：《北京新时期戏剧史》，北京：中国戏剧出版社 2006 年版。

30. 陈珂：《戏剧形态发生论》，北京：中国戏剧出版社 2009 年版。

二、译著

1. ［古希腊］亚里士多德著，陈中梅译注：《诗学》，北京：商务印书馆 2005 年版。

2. ［英］斯泰恩著，刘国彬等译：《现代戏剧理论与实践》，北京：中国戏剧出版社 2002 年版。

3. ［美］劳逊著，邵牧君、齐宙译：《戏剧与电影的剧作理论与技巧》，北京：中国电影出版社 1978 年版。

4. ［美］贝克著，余上沅译：《戏剧技巧》，北京：中国戏剧出版社 1985 年版。

5. ［英］马丁·艾斯林著，罗婉华译：《戏剧剖析》，北京：中国戏剧出版社 1981 年版。

6. ［英］马丁·艾斯林著，刘国彬译：《荒诞派戏剧》，北京：中国戏剧出版社 1992 年版。

7. ［波］格洛托夫斯基著，魏时译：《迈向质朴戏剧》，北京：中国戏剧出版社 1984 年版。

8. ［德］斯丛狄著，王健译：《现代戏剧理论（1880—1950）》，北京：北京大学出版社 2006 年版。

9. ［英］彼得·布鲁克著，邢历等译：《空的空间》，北京：中国戏剧出版社 1988 年版。

10. ［苏］斯坦尼斯拉夫斯基著，瞿白音译：《我的艺术生活》，上海：上海译文出版社 2002 年版。

11. ［苏］斯坦尼斯拉夫斯基著，史敏徒等译：《斯坦尼斯拉夫斯基全集》，北京：中国电影出版社 1985 年版。

12. ［苏］斯坦尼斯拉夫斯基著，黄鸣野等译：《海鸥导演计划》，北京：艺术出版社 1956 年版。

13. ［英］阿契尔著，吴钧燮、聂文杞译：《剧作法》，北京：中国戏剧出版社 2004 年版。

14. ［美］罗伯特·阿·马丁编，陈瑞兰、杨淮生译：《阿瑟·米勒论剧散文》，北京：生活·读书·新知三联书店 1987 年版。

15. ［法］阿尔托著，桂裕芳译：《残酷戏剧——戏剧及其重影》，北京：中国戏剧出版社 1993 年版。

16. ［德］布莱希特著，丁扬忠译：《布莱希特论戏剧》，北京：中国戏剧出版社 1990 年版。

17. ［加］弗莱等著，傅正明等译：《喜剧：春天的神话》，北京：中国戏剧出版社 1992 年版。

18. ［丹］索伦·克尔凯郭尔等著，程朝翔等译：《悲剧：秋天的神话》，北京：中国戏剧出版社 1992 年版。

19. ［英］雷蒙·威廉斯著，丁尔苏译：《现代悲剧》，南京：译林出版社 2007 年版。

20. ［美］罗伯特·科恩著，费春放译：《戏剧》，上海：上海书店出版社 2006 年版。

三、剧本

1.《中央戏剧学院剧本60种》

2.《曹禺戏剧集》

3.《莎士比亚全集》(1~4)

4.《易卜生文集》(1~8)

5.《契诃夫戏剧集》

6.《奥尼尔集》(上、下)

7.《布莱希特戏剧集》(上、下)

8.《萨特戏剧集》(上、下)

9.《老妇还乡——迪伦马特戏剧集》

10.《荒诞派戏剧集》

鲍黔明先生来信

礼兵：

序已写就，案头放了几天，稍作修改，以免出错。打印后仍有些增添、删减，大致可用了。请你再斟酌一下交编辑，我希望他们不会乱动。文中我用了一个短句“艺术本源”，只稍作解释，以后若有机会，我想就“本源”、“本质”、“本体”发些议论。

我觉得“本源”是属人类发明艺术的原因，即为什么发明艺术这玩意儿；“本质”则是艺术与科学在思维/形式上的区别、分界等；“本体”则是针对艺术群体的特色界定，如文学与其他不同艺术表现形式的不同等。

这些不过是突发之想，以后有机会再说，怕与你论文中的“本质”论相冲，特意说明一下。

你的文章我又看了一遍，有些意见就批注在文中，你若有时间，望作些增补修改。今天看来，这篇论文写得很好，能出书既偶然又必然。你不妨开一个目录，让出版社给各个大学和艺术研究所等单位推销，你自己也给当下艺术理论界的学者教授们寄点，如能与陈世雄等建立联系则更好。我想，你在教学写作之余，还要继续创作。你的创作能力是毋庸置疑的，理论与创作并举，是这行的成功之道。

另，想知道你从情感困境中突围了吗？你是个重情感的人，但在“情”的旁边，还应有个“智”的位置。我的建议是，形象可人——首先是可你，有知识，会持家，远离时尚，诚实善良，即可追而求之。像我等以知识求生存的人，思想可以锐利，甚至可以浪漫，生活却应平实。或许可以放下一张小小的书桌，写点有用的理论研究，做点实实在在的艺术创作。老生常谈，却也是人生的结晶，望笑纳。

好了，暂时都说完了。对了，未来的书，封面千万别花哨，学术著作，庄严、淡雅为好。

顺致

教安！

黔明

2012 年 4 月 10 日于北京寓中行下

后　记

如同生命一样，思考是痛苦而又快乐的，在经历了本书创作痛并快乐着的日子之后，在经历了这些年的不堪之后，回首看着手头这本薄薄的东西，无言泪下，只余一丝感慨，但是很快，内心又归于宁静……太多的话，只能化为感谢。

感谢远在南方小城里的父亲唐绍华、母亲温琴玲、兄长唐云川，还有那些伙伴们——何军、邓广辉……感谢你们一直的关爱；感谢颜冰一贯的支持。我看着你们，爱着你们，与你们一起老去——除了真真，仍旧那么美丽地成长着。

感谢十年来给予我无私教诲的中央戏剧学院戏剧文学系和导演系的老师们：陈晓玲、彭涛、黄维若、张先、杨健、席鸽、谭霈生、鲍黔明、罗锦麟、徐晓钟、丁如如、廖向红、姜涛、姜若瑜……没有你们，我走的将是另一条人生路。

感谢肖薇，谢谢橡皮的陪伴，你不会离开。

感谢彭婉及我在暨南大学的学生们，你们那么青春。

谨以此书献给露西亚，是你给了我生命，以马内利。

能有这种表达感激的机会，是我的荣幸。

感谢暨南大学文学院院长王列耀教授，本丛书主编、中文系赵维江教授，以及本丛书策划人、暨南大学出版社总编辑史小军教授，正是你们的关爱和帮助，才使这本小书能在四年后的今天顺利出版。

再次感谢恩师黄维若和鲍黔明，我曾经的和未来的每一丝进步成长，都能看到你们的心血。

唐礼兵

2008 年 3 月 31 日初稿于中央戏剧学院

2012 年 10 月 16 日定稿于暨南大学南湖招待所